レジェンドノベルス
LEGEND NOVELS

異世界総力戦に日本国現る

1

レジェンドノベルス
LEGEND NOVELS

異世界総力戦に日本国現る

1

魔族の攻勢、度重なる人類の敗北。暗黙のうちに定められた人魔の境界線を突如として破り、大陸東部から西侵を開始した魔族連合の熾烈《しれつ》な攻勢に、数多くあった人類国家は、正統ユーティリティ王国を除きすべて滅亡。正統ユーティリティ王国軍は、敗走する他国軍と合流して抗戦を続けたが、ついに追い詰められ、大陸西端の城塞都市へ退却することを余儀なくされていた。魔族攻囲軍による包囲環《かん》の完成、攻城戦の開始、壮絶な市街戦――。

「敵騎、直上――！」

無数の連発銃と、幾重にも亘《わた》る塹壕《ざんごう》線により防御され、地上戦力に対しては難攻不落を誇る城塞都市アナクロニムズ。だがしかし、人類最後の希望となる城塞都市も、航空攻撃には無力であった。亜音速で飛翔《ひしょう》する翼竜騎兵に対して有効となる対空火器は開発が間に合っておらず、翼竜騎兵に対抗できる空戦魔術士の部隊は、全滅して久しかった。つまり航空戦力に対して、城塞都市と人類軍は、なにひとつとして反撃手段を持っていなかった。

それを熟知している魔族攻囲軍の空爆は、執拗《しつよう》を極めていた。稼動率の悪さを部隊数でカバーする形で、複数個の翼竜騎兵大隊をローテーションさせ、一日あたり平均二十回前後の昼間爆撃と、嫌がらせの夜間爆撃を散発的に行うのが、彼らの常であった。

「総員退避！　荷は捨て置け、急げ！」

そして、正統王国軍将兵が喚《わめ》く頭上に、きょうもまた死の影が覆いかぶさった。

「【焼夷《しょうい》】」

魔族攻囲軍第一一翼竜騎兵大隊三十六騎による航空攻撃。翼竜に跨《また》がる騎兵たちが一斉に魔術を完成させる。と、同時に眼下へ火焔《かえん》の塊が拡散し——廃墟《はいきょ》同然の街並みが、一瞬で劫火《ごうか》に呑《の》みこまれた。有機物をすべて焼却し、その場の酸素と魔力を消費し尽くす超常の火焔は、地下壕《ごう》へと逃げそびれた見張りの兵士や、用があって外に出ていた市民を容赦なく呑みこんだ。地下壕に避難していたとしても、一瞬で周辺温度を三千度近くまで上昇させる【焼夷】の魔術が直撃すれば、壕内は蒸し焼きとなって全滅してしまうのだからおそろしい。

爆炎を噴き上げる街並みの上を騎影が通り過ぎていく。その後に残るのは、手足を前に折り畳んだ姿で炭化した無数の死骸と、それが砕けてできた灰燼《かいじん》であった。

「全騎反転」

もちろん第一一翼竜騎兵大隊による攻撃が、たった一航過で終わるはずがない。城塞都市中心部直上を通過した彼らは、優雅に宙返りすると、再び城塞都市中心部を目指しはじめた。

（非戦闘員も戦闘員も地下壕に潜っている。【焼夷】の効果は薄い。ここは物資集積所を狙って、【誘導魔弾】に切り替えるか）

第一一翼竜騎兵大隊の空中指揮官は、どうすれば効率よく人類軍の戦闘力を削《そ》ぐことができるかを計算していた。航空攻撃は一方的に相手を叩《たた》くことができる手段だが、防御力が高い城塞都市を、それだけで陥落させられる決定打にはなり得ない。結局のところは単なる嫌がらせに近い。

が、彼らに手を抜くつもりはさらさらなかった。

「【焼夷】より【誘導魔弾】に。各中隊は所定の目標を――うん？」

事前の空中偵察で所在が割れている物資集積所に対し、精密爆撃を行わんとする空中指揮官の魔力波通信が中止された。小さな異変を感じ取ったのだ。単眼族の彼は、顔面中央にある巨大な瞳をぎょろりと動かして、西の空を見た。

「魔力波に感あり、空中目標!?　距離四万歩間（※約二十キロメートル）先、速度は――！」

大隊員の誰かが魔力波を飛ばして、他の隊員に急を告げた。ほぼ同時に、空中指揮官も反射的に部下へ命令を飛ばした。

「全騎、反転――散開！」

次の瞬間、彼らの鼻先を掠《かす》めるように鈍色《にびいろ》の翼が航過した。

馬鹿な、と第一一翼竜騎兵大隊の誰もが思った。高速飛翔の最中であっても、一瞬でも見ればわかる。

「何だ、あれは」

鋼鉄で、できていた。人類は飛翔する機械を製造したのだ。しかもその性能は、翼竜騎兵に劣らない代物を！

「人類が、あんなものを」

「うろたえるな！　全騎全力【魔力噴射】、続けて空戦用ォ——意！」

狼狽《ろうばい》する部下に対し、第一一翼竜騎兵大隊の大隊長は冷静だった。

（あの飛行機械、魔力も使わずに亜音速……だが全力の【魔力噴射】で加速すれば、こっちも追《お》い縋《すが》れる。相手はこっちの前方を横断した直後に、ゆるやかに右旋回。旋回性能はこっちが上だ、すぐにケツを取れる！）

空中指揮官の戦術眼《がん》は正しかった。後方へ魔力を吐き出して、一挙に加速した第一一翼竜騎兵大隊は、飛行機械の後方へ容易につけた。あとは航空戦において、高い命中率を誇る【誘導魔弾】を発射するだけ、と彼らが思った瞬間。

「全騎散開！」

鋼鉄の怪鳥が、後方へ放った橙《だいだい》に輝く火球《フレア》が、彼らの視界いっぱいを埋めた。

反射的に第一一翼竜騎兵大隊三十六騎は散開し、回避運動へと移る。後方へ突如の魔弾連射。しかも数が尋常ではない。間一髪で火球への突入を回避できた翼竜騎兵たちは、驚愕《きょうがく》したまま、散り散りに金属製の翼を見た。

それは音速の二倍にまで加速すると、翼竜騎兵たちを挑発するように周囲を飛び回り、再び西の空へと消えた。

（何なんだ、あれは）

空中指揮官は部下たちの安否を確かめ、魔力波を使った無線通信で編隊を組みなおしながら、心底そう思った。

「魔力がまったく感知できなかったぞ!?」

「とんでもない秘密兵器だ。加速力も半端じゃねえ、しかも終《しま》いには超音速で飛んでいきやがった――【空力制御】や【時間操作】どころじゃねえ、【魔力噴射】もなしに！」

旋回性能はともかくとして、魔力操作なしに超音速へ瞬く間に加速する飛行機械の性能に、彼ら翼竜騎兵たちは驚愕した。彼らも超音速飛翔自体は可能である。だがそれは――後方へ魔力を噴射して加速する【魔力噴射】、超音速の際に発生する抵抗を軽減するための【空力制御】、さらに現時間から翼竜騎兵の時間を切り離し、速度を得る【時間操作】。この三種の魔術を組み合わせたときに実現する。当然ながら翼竜・騎兵の両者に多大な負担がかかるし、加速にも時間がかかる。超音速飛翔は、短時間でおいそれと実現できるものではないのである。

（にもかかわらず、あれは何だ）

初歩的な魔力操作となる【魔力噴射】すら行わず、おそらくは燃料を燃焼させた熱エネルギーのみで、音速はおろかその二倍近い速度を叩《たた》き出《だ》している。現在の人類に、あんな代物を開発・製造できる工業力が残っているとは思えない。

……だがあれは、まさしく人類の兵器だ。あの翼の先端部分にはガラスでできた部分があり、そこに憎き人間がふたり乗っていた。一瞬のことではっきりしないが、彼らはこちらに向けて中指を立てていた気がする。

「何なんだ、あれは⁉」

一方で鋼鉄製の翼と翼竜騎兵の短い空戦を見ていた、ごく少数の逃げ遅れた市民たちもまた騒然としていた。爆音を轟《とどろ》かせて頭上に出現したのは、一目で人工物とわかる代物。それが翼竜騎兵を上回る速度で旋回し、数十発の魔弾をばら撒《ま》いて、あっというまに翼竜騎兵の群れを散り散りにやっつけてしまった。

「空戦魔術士よりも――翼竜よりも速い！」

滑らかな腹面が鈍色、背面が茶と緑の迷彩。そして翼には、見開かれた〝赤い瞳〟。まるで幽霊のように現れ、一瞬で翼竜騎兵の空襲を退けてしまった鋼鉄の塊。それに彼らは興奮と、感謝の念を覚えた。

「ありがとォ――また来てくれよ！」

兵士のひとりが快哉《かいさい》を叫び、脱いだ鉄帽を頭上で大きく振り回した。

そして他方。

「ざまあみやがれ！」

「フドウ〇一、フドウ〇一。こちらオフサイド。所定の飛行経路を逸脱している。なにがあったか報《しら》せ」

「オフサイド、フドウ〇一。偵察行動中に翼竜と遭遇。翼竜側がこちらの背後へと廻《まわ》りこむ等、明確な戦闘機動を開始したため、フレアを放出して回避運動を取った」

航空自衛隊第五〇一飛行隊（茨城県小美玉市百里《いばらきけんおみたましひゃくり》）のＲＦ－４Ｅ偵察機を操る操縦士《ファントムライダー》は、都合のいい事実だけを報告した。

人工衛星・インターネットを利用した通信網の麻痺《まひ》、そして諸外国との通信不能、そして東方に未知の陸地を発見するという、未曾有《みぞう》の非常識的災害——その最中に航空総隊司令部（東京都福生市《ふっさし》）から命令を受けた彼らは、日本周辺の偵察活動中に、第一一翼竜騎兵大隊が城塞都市を爆撃するところに出くわした。

濛々《もうもう》と上がる幾筋もの黒煙、劫火に包まれる街区。戦争ですらない、一方的な虐殺。それは青少年時代の学校教育と、入隊後の座学教育によって、一方的に蹂躙《じゅうりん》される苦しみを学んだ、自衛隊員特有の義侠《ぎきょう》心を刺激した。黒煙上がる城塞都市の姿と、太平洋戦争末期の日本諸都市を映した記録映像が、彼らの脳裏で重なったのである。

ゆえに彼らは、所定の飛行経路を外れ、故意に第一一翼竜騎兵大隊の鼻先を掠め飛んでやった。

しかし残念ながら、RF－4E偵察機には武器がない。そのため彼らは一か八か、対ミサイル用の囮《フレア》をばら撒いて、翼竜騎兵たちを威嚇して追い払った、というわけだ。

……これが魔族攻囲軍軍集団百万と陸海空自衛隊、初の交戦であった。


時間は遡り——六月一日、正午。

日本列島を未曾有の異変が襲った。その端緒は、衛星通信が途絶えたことであった。地球の衛星軌道上を周回しているはずの人工衛星と、日本国内の自家用車、スマートフォン、衛星通信装置、陸海空自衛隊の情報システムとが、完全に切り離された。

ほぼ同時に、日本列島と海外とを結ぶ国際海底ケーブルと、電話回線がすべて断線。このため海外サーバーを利用しているWEBサイトは、閲覧することができなくなった。

この大規模情報障害は、お昼時の国民生活を直撃し、そして一億を超える人々を不安に陥れた。いまどき人工衛星によるナビゲーションシステムを利用していない人間や、海外にサーバーを置いている電子掲示板、SNS等を閲覧しない人間など、ごく少数派だ。

これが平常心でいられるはずがない。日常の一部が、サーバー攻撃の兆候もなく、原因不明のまま利用不能になったのだから。

そして日本政府や、諸外国大使館といった国家機関の人間は、大恐慌に陥った。

――原因不明の大規模通信障害による、海外との通信不能。

気象庁のように人工衛星を日常的に利用する関係省庁は、通信障害の特定に奔走を始めた。そして日本の安全保障に責任を持つ防衛省と外務省は、この非常識的事態に愕然《がくぜん》とした。米国、韓国、中国、ロシア、諸外国との通信途絶と人工衛星の機能不全は、海外に対する情報収集手段の完全喪失を意味している。これでは日本政府は、盲目になったも同然であった。

防衛省は急ぎ在日米軍司令部（東京都福生市）に対して、アメリカ本国政府と通信可能か、状況を問い合わせた。

が、返答はノー。

むしろ本国政府や、米インド太平洋軍司令部（アメリカ合衆国ハワイ州）をはじめとする上級司令部と通信が途絶した彼らのほうが、混乱の度合いは大きく、逆に日本政府に対して協力を求めてくる始末であった。

「たしかに驚きましたよねえ。私もスタジオ入りの前にＳＮＳをチェックしようとしたのですが……」

「衛星通信とインターネットの便利さを、改めて思い知りました。原因特定と障害復旧が待たれますね」

午後のワイドショーでは、この大規模通信障害について取り上げられはじめた。十三時台や十四時台のワイドショーのコメンテーターたちは、普段どおり他人事《ひとごと》のようなコメントをしつつ、いずれ障害は復旧するだろう、と結論づけ、他の話題——あらかじめ組まれていた、芸能ニュースに関する話題に移っていった。

が、時間が経《た》って十七時台の番組にもなると、徐々に事態の深刻さを理解したのだろう。キャスターたちの口調は深刻さを増し、不安げな表情を見せる回数が増えた。番組もまた、より時間を割いて、通信障害に関する情報を取り上げた。

前後して、国際線の就航する空港の職員たちは、非常識的事態の連続に忙殺されていた。

正午の時点で、日本国の排他的経済水域外を飛行していた国際便との連絡は途絶。また正午を迎えた後に、領空内外に上がっていたすべての旅客機が、人工衛星が関係する機器の不調を訴えるか、「排他的経済水域外が、既知の地形と異なる。東方に巨大な陸地が目視できる」として一斉に戻ってきたためであった。

空港職員たちは、半ば愕然としながら業務にあたっていた。国際便の離発着予定時刻は狂うものの、トラブルを起こした旅客機が戻ってきてくれる分にはよい。問題は連絡が途絶したまま、戻ってこない国際便が少なからずあることだった。

人工衛星の不調で、航法を間違えて遭難したか——そんな暗い疑念を誰もが抱いた。が、彼ら空港職員は事態発生の原因追及よりも、国際線ターミナルで暴徒と化しそうな日本人と、外国人への対応を急いだ。国際便で予定どおりならばもう帰ってくるはずの家族を待つ人々は、「事故か事件か」と空港職員を捕まえては、質問攻めにした。

「馬鹿な――」

そして、夜が来ると同時に、いよいよ異変をその目で確かめる人々が増えはじめた。

「は、春の大三角は……どこだ」

ふと夜空を見上げたアマチュア天文家から、宇宙航空研究開発機関（ＪＡＸＡ）の研究員までが、衝撃に打ちひしがれ、愕然とした。子どものころから見慣れた不変の星空が、まったく違うなにかに変わっていた。

「落ち着けよ、落ち着け……星図が変わるはずが……」

「落ち着いていられるか！　だいたい北極星《ほっきょくせい》は？　北極星がないじゃないか！」

有史以前から人類を導いてきた北極星がない。

春の大三角や夏の大三角、へびやおとめといった著名な星座がない。

星図がまったく違ったものに変わっている――それどころか。

「月が、違う」

「そう言われれば、たしかに大きさも模様も……」

「晴れの海も静かの海も、コペルニクスのクレーターもない！」

能面のようにのっぺりとした凹凸のない月が、爛々《らんらん》と日本の夜空に輝いていた。そのさまは、まるで鏡。何の面白味もなく、太陽の光をそのまま反射するだけの、不気味な衛星。それを見たとき、天文学者から一般市民まで、自分がまったく異なる世界に迷いこんでしまったような不安に襲われた。


人工衛星の機能不全。インターネット通信の不調。国際電話回線の断絶。消息不明となる国際便。一向に現れない入港予定の外国籍の船舶——。

「以上が、日本国内で現在起きている異常事態の概要になります」

この非常識的事態の連続に対して、日本政府は災害対策基本法第二十八条の二に基づく形で、緊急災害対策本部を内閣府に設置した。今回の非常識的事態が自然災害にあたるかは異論が残るところだが、現在進行中の異常事態が、第二十八条の二にて明文化されている〝著しく異常かつ激甚な非常災害〟に該当することは、間違いない。

「これは人工衛星の不調に端を発する事故なのか、それとも何者かが故意に画策した大規模なテロリズムなのか」

「現状では不明です」

「肝心なことは情報不足で、なにもわからないじゃないか」

緊急災害対策本部が設置された、首相官邸地下危機管理センターに、苛立《いらだ》ちの声が響いた。声の主は緊急災害対策本部長を務める、古川誠恵《ふるかわまさよし》内閣総理大臣である。

議場の他の閣僚たちも、みな一様にしかめ面や困り顔だ。事態が非常識的かつ広範に亘るためか、情報がなかなか緊急災害対策本部の閣僚にまで上がってこない。

その原因は、関係省庁の官僚たちにある。「正午の時点で洋上に光の柱を見た」「一部の国際線旅客機の機長らは、東方に巨大な陸地を目撃した」――嘘《うそ》か実《まこと》かわからない情報の中から、彼らは正確性の高い情報のみを報告するため、閣僚らへ上げる情報の選別に、時間をかけていたのだった。が、閣僚たちからすれば、多少は不確実な情報が混じっていても、自分たちで判断できる材料がすぐさま、そしてより多く欲しかった。

一方の現場では、事態の全貌が徐々に見えはじめていた。

行方不明となった旅客機や外国籍の船舶を捜索すべく出動した海上保安庁や、海上保安庁の要請を受け、日本近海の遭難者捜索を開始した航空自衛隊・海上自衛隊は、すぐに日本列島を取り巻く地理的状況が、文字どおり天変地異級に変貌していることに気がついた。

――樺太島《からふと》（ロシア・サハリン州）が確認できず。

——釜山《プサン》市街（韓国・釜山広域市）方面の灯火が肉眼で確認できず、韓国方面に航空機の反応なし。

——犬吠埼《いぬぼうさき》（千葉県銚子市《ちょうしし》）より東方二百海里（約三百七十キロメートル）の太平洋上に、広大な陸地を認む。

「鋼鉄製の飛行機械と遭遇した、とはまことか⁉」

「はい、参謀総長閣下。大隊本部を通して報告したとおり、我が大隊は魔力操作もなく、高速飛翔する鋼鉄製の飛行機械と交戦いたしました」

日本列島が異世界転移を果たした翌日——そして航空自衛隊第五〇一飛行隊のＲＦ－４Ｅ偵察機と、第一一翼竜騎兵大隊が遭遇を果たした三時間後に、ここで話を戻す。

第一一翼竜騎兵大隊の空中指揮官は帰還するや否や、すぐさま地上の上級司令部に、大空での体験を包み隠さず報告した。

魔力操作なしに、燃焼エネルギーのみで高速飛翔する、鋼鉄製飛行機械との遭遇——その報告に大隊本部、指揮系統において上位にあたる第一翼竜騎兵連隊本部さえもが、騒然となった。

万が一、だ。人類がその飛行機械の量産に成功していたならば、人類最後の城塞都市を包囲する魔族攻囲軍の航空優勢は、揺らぐことになるかもしれない。魔力操作なく超音速まで達する非常識的加速力に、従来の翼竜騎兵では対応できない可能性がある。飛行機械に速度を活《い》かした一撃離脱戦法を採られれば、こちらは手も足も出ないのではないか。

……事態の重大さに、第一一翼竜騎兵大隊空中指揮官の報告は、連隊本部とその上級部隊単位にあたる航空艦隊司令部を越えて、さらに上層部へと駆けあがった。そして最後に報告を受け取った、魔王直轄軍を統《す》べる耳長族の参謀総長は、第一一翼竜騎兵大隊の空中指揮官と話がしたい、と魔力波式の遠隔通信装置を使用して、直接話を聴くことを決めた。

「正気を疑われるかもしれませんが……」

第一一翼竜騎兵大隊本部では、空中指揮官が巨大な水晶板に映った参謀総長を前に、恐る恐る報告を続けていた。この段階に至って、人類軍の飛行機械が出現するなど、常識的に考えればありえない話だ。超音速飛行機械を開発・製造する工業力、資源など人類にあるはずがない。

「いや、貴官を疑っているわけではないのだ」

だがしかし、〝長い枯れ枝〟と称される最古参の魔族、参謀総長は鷹揚《おうよう》にうなずいてみせた。

「噴進弾と同じ原理、つまり燃料を燃焼させたエネルギーだけで、鋼鉄の塊が超音速で飛翔するなど、到底信じられないだけなのだ。老害もここに極まる、だな」

「はい。いいえ、参謀総長閣下。小官もいまだに信じられない思いでいます」

「うむ……人類軍の新兵器、か」

考えこむ参謀総長を前に、単眼族の空中指揮官は不動の姿勢をとった。

そして数秒経ってから、参謀総長は聞いた。

「その飛行機械は、城塞都市に着陸したのではなく、西方に去ったのだな」

「はい、そのとおりであります」

参謀総長が導き出した推論は、ごくごく一般的なものだった。飛行機械が駐機する航空基地か、飛行機械を製造する拠点が、城塞都市以西の海上に存在するのではないか。彼はそう考えた。

「では、第一一翼竜騎兵大隊に、あらたな任務を与える」

「はい」

「飛行機械が西方より飛来した以上、人類が城塞都市西方の海上にあらたな拠点を築いた可能性がある。貴隊は城塞都市西方の海上を捜索し、人類拠点があれば威力偵察を行え」

「はい。第一一翼竜騎兵大隊は、これより城塞都市西方の海上を捜索し、人類拠点があれば威力偵察を行います」

挙手の敬礼をして、命令を復唱した単眼族の空中指揮官は、意外にも早く飛行機械と再戦できることに喜んだ。地上を這《は》いずり回《まわ》る連中を叩き潰すだけの、退屈な対地攻撃任務は終わりだ——久方ぶりの空中戦の予感に、武者震いが走る。

「参謀総長閣下、お任せください。空を制するのは、魔力操作を極めた魔王直轄軍航空艦隊の翼竜騎兵です。連綿と続く魔導文明の極みが、科学文明のぽっと出の産物に負けるはずがありません」

自信満々に告げる空中指揮官に対し、参謀総長は「期待しているぞ」と一声かけて通信を切った。

そうしてから彼は、幾度も水晶板になにも映っていないことを確認してから、呟《つぶや》いた。

「まさか、な。いや、だがしかし」

参謀総長の周囲で魔力が弾《はじ》け、バチバチと音を立てて、魔力の残滓《ざんし》が発光した。

「現在の人類軍が、飛行機械を製造できるはずがない」

超音速飛翔する飛行機械など、生半可な工業力で製造できるものではない。末期戦で原料も人的資源も窮乏している彼らに、それを開発・製造するなど不可能だ。そもそも最初から参謀総長は、城塞都市に引き籠もる人類勢力が、飛行機械を製造したとは考えていなかった。

「【勇者召喚】。……海底に沈んだ遺跡を使ったか」

いよいよ追い詰められた人類が、絶対的な力を呼びこむ救済――そして破滅の魔導を行使した可能性に、参謀総長は慄然とした。

同日。古川首相を本部長とし、閣僚から関係省庁の高級官僚、統合幕僚監部の幕僚、果てには在日米軍司令部参謀までが参加し、異例の規模に膨れ上がった緊急災害対策本部には、正確な情報が大量に集まってきていた。

宇宙航空研究開発機関（ＪＡＸＡ）の観測結果では、既知の天体と星図が消滅していること。行方不明となった旅客機や船舶を捜索していた海上保安庁、陸海空自衛隊の報告から、日本列島の周辺地理が、既知のそれとは大きく変貌していること。犬吠埼より東方二百海里（約三百七十キロメートル）の太平洋上に、広大な陸地が出現しており、また白亜紀に棲息《せいそく》していた翼竜に酷似した、未確認生物が飛翔していること。

そして陸地の西端部には、防衛陣地と一体化したような都市の存在が確認されており、翼竜に酷似した未確認生物の襲撃を受けている、ということ。

こうした非常識的事態を観測した関係者たちの見解は、奇妙なまでに一致していた。

日本列島は地球上からまったく異なる惑星、あるいは世界へと移動したのではないか。

……受《う》け容《い》れがたい報告ではあるが、日本列島が既知の地球上からまったく異なるどこかへ移動した、と考えればすべてに説明がつく。

「真っ先に予想されてたシナリオ。何だったたっけな。そうだ——核戦争で国外が全滅した、よりは幾分かマシじゃあないか」

古川内閣ナンバー2の赤河一郎《あかわいちろう》財務相は、非常時にもかかわらず、そんな軽口を叩いてみせたが、周囲はそれほど能天気ではいられなかった。

夢なら覚めてくれ、と誰もが思っていた。

破滅的自然災害でも、覇権国家による武力侵攻でもなく、日本列島の異世界転移に対応しなければならないなど、誰が想像しただろう。国を導く人間として、想定外という言葉は許されないだろうが……今回ばかりは想定しているほうがおかしかった。想定していたのならば、そいつはただの変人だ。


そして閣僚たちを交えた会議の最中、さらに想定外の事態が発生した。

「あなたがただけが頼りなのです！」

瞼《まぶた》を開くこともできない眩《まばゆ》い光とともに、ひとりの美姫《びき》とその従者が、比喩ではなく虚空から湧くように現れたのだった。

「お願いいたします、この世界の人類をお救いください！」

閣僚から若手の官僚までが目を疑う中、〝正統ユーティリティ王国王女〟兼〝正統王国軍最高司令官〟兼〝人類軍統合幕僚会議議長〟を自称する、見た目十代の少女が頭を下げて、懇願した。

そして彼女は、この世界の人類がおかれている絶望的状況について、説明を始めた。連合した人外諸族を前に、敗北を重ねた人類の生存領域は、いまや中央大陸西端の城塞都市のみしかないこと。その城塞都市も、このまま孤立無援の状況が続けば、あとひと月、ふた月で陥落するということと……。

「城塞都市の陥落。それは単に正統王国や他国の亡命政府が消滅する、ということではありません。人類滅亡を意味しているのです。魔族攻囲軍は例外なく、全人類を殺害するでしょうから……」

その声は震えていた。この声を聞き、懇願するその姿を見て、心を動かされない人間がいるとしたら、それは悪鬼であろう。

だが彼女のいる首相官邸の某会議室、そこに詰める古川首相をはじめとする閣僚や、官僚たちは顔を見合わせるばかりであり、しばらく気まずい沈黙が続いた。異世界転移、異世界人類からの救援要請——前例なき事態に、どう対応していいのかわからない。この場でなにか発言して注目を集めるのは、火中の栗《くり》を拾いにいくのと同じだ、と計算している者も多かった。

「あー何だ。状況が緊迫しているのは、よくわかりました」

ここで過去に首相を経験したこともある赤河財務相が、いつもの調子で沈黙を破る。

「とりあえず座ってもらえませんか」

「……私としたことが、申し訳ありません」

謝罪した少女は、急遽《きゅうきょ》準備された座席に腰を下ろすと、非礼を詫《わ》びるために、慌ててぺこりと頭を下げた。

銀の長髪の左右に分けた縦ロール、澄んだ翠眼《すいがん》、絹で織られた純白のドレス。日本国中捜しても見つけることがかなわないであろう、可憐《かれん》で高貴な雰囲気を纏《まと》う少女――その泣き腫らした目元を、赤河財務相は覗《のぞ》きこむように注視した。

それから、彼女の説明は続いた。

前述のとおり、中央大陸に数多くあった人類国家は、正統王国を除いてすべて滅亡。正統王国の正規軍である正統王国軍は、魔族の追撃を逃れた他国軍残存戦力と合流して抗戦するも、圧倒的な戦力差を前に抗しきれず、全人類とともに大陸西端の城塞都市への籠城を余儀なくされている。

まさに人類滅亡前夜。人類王族唯一の生き残りとなった正統王女は、藁《わら》にもすがる思いで、正統王国に残る伝承や伝説の類いを研究し、大陸西方の海底遺跡を利用する形で、ついに異世界から救世主を喚《よ》ぶ、大規模召喚魔法を完成させた。

そしてその結果、彼らが籠城する城塞都市の西方の洋上に、日本国を召喚したのだ、という。

(いい迷惑だと怒るべきなのか、同情してやるべきなのか)

あまりに突飛な話に、その場の一同はしばらく思考停止した。その場に居合わせた若手の官僚たちにしても、正統王女を自称する少女の話を到底信じることができず、なにかの冗談だとしか思えなかった。

しかし相手が極限状態に陥っていることを聞いた手前、これを笑い飛ばすことも、疑ってかかることも、そして日本国を人為的に召喚したことを一方的に責めることもできそうになかった。

（……しかし、なぜ我が国が）

正統王女を名乗る少女の非常識極まる説明を聞いていた、古川首相は内心でため息をついた。決して表情に出さないように努めているが、心中は穏やかではない。予想外の出来事に腹痛がした。

経済・防衛・外交、あらゆる面でリーダーシップを発揮できる強い指導者――それを演じてきた古川としては、遅かれ早かれなにかを決断しなければならないのだが……。

主観的には、日本国周辺の地形が消滅し、あらたな地形が出現してから、すでに丸一日が経っている。だが海上保安庁、都道府県警察、陸海空自衛隊、その他の政府機関による情報収集は、なにか決断を下すにはまだ不十分だ。

この情報不足の状況で、正統王女を自称する彼女から一方通行の説明を受けて、「はい、そうですか」となにかを決定するのは難しい。見た目に騙《だま》されて、一から十まで彼女の話を信じこむのは危険だ。

「……申し訳ありませんが、正統王女殿下。私どもはいまだに召喚による、混乱の只中《ただなか》にあります。すぐさま貴国に対して、支援をお約束することはできません」

「そっ、そんな……古川閣下！」

まるでこの世の終わりだ、とばかりに彼女の顔面が崩壊した。頬を滂沱《ぼうだ》の涙が伝い、ついには俯《うつむ》いて、泣き顔を両掌《りょうて》で覆いつくしてしまった。

対する日本政府側の人間の反応は、人それぞれだった。古川首相に対して、咎《とが》めるような視線を投げかける者もいれば、小さくため息をついて、内心で「めんどくせえ」と呟く者もいた。

官僚たちはただただ、古川首相と泣き崩れた正統王女の間で、視線を彷徨《さまよ》わせるだけだ。正直言って彼らは、政治的決断をして責任をとるのが自分ではなく、古川首相をはじめとする閣僚でよかったと、このとき心底思っていた。

一方の古川首相は、沈黙したまま思考を巡らせるばかり。女の涙に強いわけがないが、同情だけで動くほど、彼も甘くはない。

正統王女の背後では、無表情の護衛ひとり——市街戦を意識してか、鈍色の野戦服に身を包んだ女性が立ったまま、こちらもやはり黙りこくっている。

「言っておくけど、泣き落としはきかないよ」

すると、いい意味でも悪い意味でも空気を読まない閣僚、赤河財務相が沈黙を破った。

「あんたも政治家の端くれだろう、なら政治家らしく利害の一致を目指そうじゃありませんか……下手な芝居はやめてだね」

戦後の日本の政治家に対する国内外の評価は、決して高くはない。だがしかし曲がりなりにも、不安定なかりそめの平和を保ってきただけの実力はあるのだ。その筆頭ともいえる赤河財務相は、人を見る目、本質を見抜く力に長《た》けていた。つまり彼女の正体を、すでに看破していたのである。

彼の第六感は、こいつはお飾りの王女なのではなく、策謀に長けた政治家だ、と叫んでいた。このあたりに関しては、完全なる直感がなせる業であり、口で説明できるものではない。

「へぇ」

赤河財務相の指摘を受け、正統王女は顔面を覆っていた両掌を退けて、顔を上げた。そこに先程までの弱々しい少女の顔はない。ふてぶてしい、余裕の笑みだけがあった。

「泣き落としが通用しない程度には、皆様しっかりされているようで安心いたしました。さて」

彼女はいやらしい笑みを浮かべたまま、言葉を続けた。

「利害の一致、と言いましたか。利害の一致も糞《くそ》もありません、私の要求に応じてください」

「要求とは」

「日本国自衛隊約二十五万を即時出動させ、魔族攻囲軍約百万を殲滅《せんめつ》してください」

突如として豹変《ひょうへん》した正統王女に、閣僚から下っ端の官僚までが戸惑い、顔を見合わせた。

いや、彼女の豹変などどうでもいい。

もっとおそろしいことがある。

(これはファーストコンタクトのはず……にもかかわらず、なぜ彼女は自衛隊の存在やその規模を知っている?)

当然、古川首相もこの点に気づいたが、経験の妙で動揺を表に出すことはしなかった。

「お待ちください」

ここで口を挟んだのは、木下正《きのしたただし》外相であった。

「我々日本国は、平和主義を根幹とする国家です。外交交渉もない相手、その魔族なる勢力と交戦することは、決してできません」

木下外相は、世間的にタカ派の集まりとされる古川内閣の中でも、実に穏健と評価されている。彼からすれば、外交関係もない相手に攻撃を仕掛けるなど、到底考えられない話だった。だいたい日本国自衛隊は、日本国の安全と平和、日本国民の生命と財産を防衛する組織だ。海外を先制攻撃することは、法的な面でも装備の面でも考えられていない。

「じゃあ――」

ところがしかし、正統王女は言い放つ。

「糞の役にも立たない平和主義と平和憲法を掲げたまま、日本国民一億みな仲良く、この異世界で野垂れ死んでください」

彼女の言葉に、まただ、と誰もが思った。

なぜ彼女は憲法九条の存在や、日本の人口規模を知っている？

官僚たちは押し黙り、閣僚たちを見つめ、閣僚たちは想定外の展開に二の句を継げずにいる。

「待て待て、危機に晒《さら》されているのは君たちなんだろう」

衝撃からいち早く立ちなおった、赤河財務相が声を上げた。

「召喚されたばかりの我々は、この世界においては中立的存在だ。言うなれば、まっさらな状態。魔族との間に遺恨もない。その魔族とやらと、外交交渉を行うことだってできるだろう。正直に言ってしまうが、あんたらの生殺与奪の権は、我々が握っているとしか思えないんだが」

外務省の事務方トップである外務次官が、表情を引きつらせて赤河財務相を見た。仮にも一国の王女殿下に対して、あんたら、は無礼も無礼であろう。

だが正統王女は、特に気分を害したわけでもなかった。

「外交交渉？　人類と魔族の間に停戦などありえない、ただどちらかが絶滅するまで総力戦を続けるのみ。信じるかは別として、あなたがたが交渉を行えるのは、私たち人類だけだ」

そして正統王女は、冷酷でいやらしい笑みを湛《たた》えて言い放った。

「あなたがたはこの異世界において、〝まっさら〟な状態だ。地下資源の埋蔵量も知らなければ、魔術に関する知識もない。もちろん元の世界に戻る召喚魔法技術もない。先に言っておくが、独力の開発は不可能だ。猿が核兵器を開発するようなものだからな……。もちろん、我々の要求を蹴るなら構わない。我々は潔く滅亡しよう。そしてあなたがたも魔術に対する知識もないまま、魔族攻囲軍と泥沼の長期戦に突入し、ガソリンもミサイルも食料も尽きて死ねばいい」

ここに至り、ようやく古川首相や赤河財務相をはじめとする閣僚、関係省庁の官僚たちは、お互いがそれぞれ相手の生殺与奪の権利を持っていることを理解した。

魔族との交渉が不可能、という彼女の言葉が仮に真実ならば、この異世界で生き残るにしても、元の世界に戻ることを目指すにしても、彼女たち正統王国に協力し、その見返りとしてこの世界の知識や、魔導技術を吸収する必要がある。

「やろうと思えば、この場であんたを捕まえて、欲しい情報を吐かせることだってできるんだぞ」

赤河財務相は揺さぶりをかけるためか、脅迫の言葉を口にした。もちろん、日本国憲法で拷問は禁じられている。これがマスメディアに漏れれば、日常的に失言を繰り返し、失言老人などとあだ名されている彼でさえ、辞職は避けられないだろう。

だが正統王女はどこ吹く風で、「やれるものならやってみればいい」、と赤河財務相を嘲笑した。

その酷薄な笑みを赤河財務相もまた、しかめ面で受け止める。たしかにいまここで彼女とその護衛を拘束したとしても、得られる情報は少ないだろう。正統王女を人質に、正統王国軍、あるいは人類軍統合幕僚会議とやらと交渉するか、とも赤河財務相は一瞬考えたが、反発を生むだけでなにかを引き出すことができないのは、目に見えていた。

「赤河閣下、余計なことは考えないほうがよろしいかと」

正統王女の背後に立つ護衛の女性が、無感情な声色で釘《くぎ》を刺した。

「我々は異世界召喚技術の応用により、この日本国の領域内に限り、瞬間移動が可能です。申し訳ありませんが、殿下の身に危険が及んだとき……そのときは閣下もご覚悟ください」

「わかってるわかってる、もうそんなことは考えないよ」

護衛の女性が放つ、殺意さえ感じられる視線を浴びた赤河財務相は、苦笑いをしながら手を振った。万全の警備体制を掻《か》い潜《くぐ》り、ここに出現した以上、彼女たちが瞬間移動できることは証明済みだ。つまり彼女たちを拘束することは不可能であろうし、正統王女の生命を害しようとすれば、次の瞬間には自由自在に転移する護衛の女性によって、閣僚たちの生命が失われるだろう。

「殿下」

再び訪れた沈黙を破ったのは、古川首相であった。

「……我々が殿下の要求を呑めば、元の世界へ戻る技術を供与していただけるのですか」

「やぶさかではありません」

「どうやらこちらの事情は、すべてご存じのようですが、一応申し上げておきます。日本国と日本国自衛隊は、すぐさまこの世界の人類と魔族の戦争に、参加することはできません」

結局のところ、まだ情報が不足している、というのが古川首相の率直な感想だった。開戦経緯も戦況も不明のまま、彼女たち異世界人類に肩入れするのはまずい。端的に言えば、後戻りができなくなる。話を聞いている限りでは、異世界人類は火中の栗にほかならない。圧倒的劣勢に立っている彼らを救うということは、圧倒的優勢にある魔族と敵対する、ということだ。

（はっきり言って、異世界人類の側に立つのは愚にほかならない）

議場に居合わせた外務省の職員は、心底そう思った。

（おそらくベストは、この世界の過半を勢力圏に収めている魔族と外交関係を構築し、魔族から魔導技術を導入し、元の世界へ戻る。これだろう。あるいは魔族と共存共栄の協力関係を築き上げ、この異世界で生き残る術を確立する）

魔族と関係構築が可能なのであれば、異世界人類の側に立つ必要はまったくない。もちろん、異世界人類を見捨てることは、同じ人類として心苦しくはある。だがしかし、日本政府が優先すべきは日本国民と在訪日外国人の生命と財産であり、異世界人類の生命ではない。

「あくまでも日本政府は魔族との交渉を試み、また貴国との国交を正式に樹立したいと思います」

古川首相は、そう言い切った。

「まあそうでしょうね」

対する正統王女の反応は、淡白だった。

「しばらく猶予を差し上げます」

「ご理解いただき、ありがとうございます」

古川首相は頭を下げつつ、内心ではなぜこちらが礼を言わなければならないのか、と苛立っていた。もとを正せば、こちらは同意もなく召喚された被害者であり、謝罪するべきは向こうの側のはずなのだ。もちろん謝罪や賠償について、ここで話をしてもしかたがないので、追及はしないが。

正統王女と古川首相の会話が、いったんとぎれたときを見計らって、今度は他の閣僚や官僚たちから手が挙がった。

「こちらから質問してもよろしいでしょうか？　魔族は我々と異なる言語を話しているのですか」

「それくらいなら、いくらでも教えて差し上げます。一口に魔族、と言っても、彼らは獣人族、鬼族、妖精族など様々な種から成っています。種によってコミュニケーションの手段が異なっていますが、基本的には発声ではなく、魔力波による空気振動や、いわゆるテレパシーによって異種間コミュニケーションをとっています。そもそも言語、コミュニケーション能力がない種もあります」

「言語について、続けて質問がある」今度は赤河財務相が手を挙げた。「いまあんたは日本語を喋《しゃべ》ってるが、この世界の人類の共通語は日本語なのか」

「……翻訳魔術ですよ」

質問を受けた正統王女は、一瞬言葉に詰まったが、それをごまかすようにため息をついた。

「私にはあなたがたが、正統王国語を喋っているように聞こえています」

それは便利だな、と赤河財務相はうなずいた。が、内心ではだいぶ肝が冷えている。魔法、魔術はいったいどういったことまでを可能にしているのだろう。現在の時点で、日本列島のような大質量の物体を召喚したり、王女やその護衛を瞬間移動させたり、自動翻訳まで可能にしたりしている。もしかしたら大量破壊兵器なみの攻撃手段もあるのかもしれない、と思うと相手を舐《な》めてかかることはできなそうだ。

日本政府側の人間が思考を巡らせていると、正統王女はゆっくりと立ち上がった。

「他にご質問がないようであれば、私はお暇《いとま》いたします。お話を聞いていただいて、ありがとうございました」

「こちらこそすぐにお力になれず、申し訳ありません」

「もしよろしければ」

正統王女が言葉を切ると、彼女の背後にずっと控えていた女性——ショートカットの黒髪と、纏う鈍色の野戦戦闘服が、冷たい印象を与える女性が、前に進み出た。

「オブザーバーとして、彼女を置いていきます。正統王国軍情報幕僚のアーネ・ニルソンです」

正統王女に紹介された女性は、「よろしくお願いいたします、古川閣下」と頭を下げた。

「こちらこそよろしくお願いいたします」

古川首相も釣られる形で、頭を下げた。軍事面等《など》の専門的な質問や、より細かい世界情勢等の質問は、彼女にしろということだろう。

……以上で、最初の会談は終了した。目に見える形で得られたものは、お互いなにもなかったが、日本政府としては今後の方針を、一気に立てやすくなった。正統王女の言葉を一から十まで信じるのは危険だが、現在の日本がおかれている世界情勢が明らかになったのは、本当に大きい。

古川首相の頭の中では、もうほとんど今後の動きが決まっている。

当面の間は情報収集に徹し、魔族との外交交渉を試みる。仮に魔族との外交関係の構築に成功できれば、第三国として正統王国と魔族の講和を仲介することもできるかもしれない。もちろん選択肢の中には、魔族との関係を重視して、正統王国ら異世界人類を切る、という考えも入っている。

もしも正統王女の言葉のとおり、魔族との外交交渉が不可能であることがわかった場合は、そこで初めて異世界人類を支援する。あるいは魔族との衝突を避けるために、正統王国を黙殺して、自給自足体制を構築する。そして元の世界へ帰還する手段を、独自に探すというのも選択肢としてはありだろう。

古川首相が思考を整理していたところ、「そうそう」と正統王女が思い出したように言った。

「そろそろ魔王直轄軍航空艦隊が、日本列島の存在を嗅ぎつけるころだと思いますよ」

そして彼女は、いやらしい笑みを満面に浮かべた。まるでこの場に居合わせた閣僚たちを試すような笑み。彼女は、侮蔑を隠そうともしていなかった。

彼女が内心に抱く思いはただひとつ、「せいぜい足掻《あが》け」。この世界に召喚された時点で、もう日本本国の運命は決まっているのだ。魔族との衝突は避けられず、必ず両者の間に航空戦が勃発する。

正統王国と絶交しようが、魔族との交渉を試みようが、貴重な時間を確実にもたらしてくれる。

ゆえに彼女は、日本政府に媚《こ》びるつもりも、へりくだるつもりもなかった。そもそも彼女は、日本国のことを憎悪していた。であるから、平和と繁栄を享受していた人々を、強引に異世界へ召喚したことに対して、良心の呵責《かしゃく》さえ感じていない。

客観的に見れば、彼女の人格は破綻しているとしか思えない。彼女の人格を歪《ゆが》め、陰険な怪物に変えた存在があるとするならば、それはどれだけ罪深いことだろう。


「魔力波に感あり、真西に空中目標複数」

正統王女の予測は、正しかった。魔王直轄軍参謀総長の命令を受けた第一一翼竜騎兵大隊は、犬《いぬ》吠埼《ぼうさき》東方沖三百六十キロメートルの上空に進出していた。その数は二十四騎（二個中隊）。大隊定数は三十六騎（三個中隊）だが、連続出撃の無理が祟《たた》ってしまい、稼動率が落ちている。

「彼我距離は、約七十万歩間（約三百五十キロメートル）です」

「よし、当たりだな」

科学文明技術のレーダー波に相当する、魔力波による索敵を効率的に行うため、高高度にまで上がっていた早期警戒騎からの一報を受け、単眼族の空中指揮官は、航空戦の予感に笑った。

「全騎に告ぐ、所定どおりの戦闘隊形を取れ」

彼が指示すると同時に、第一一翼竜騎兵大隊二十四騎は、二手にわかれた。空中指揮官が直接率いる第一中隊は、急上昇して高度を取る。一方の第二中隊十二騎は、位置エネルギーを犠牲にしながら、海面直上へと急降下して超低空飛翔に移った。

基本的にこの異世界における空戦では、高度を取って位置エネルギーを稼いだほうが、回避にしても攻撃にしても有利、というのが常識である。

にもかかわらず、大隊を高空と低空に分断したのには、理由があった。

まず西方の海上、おそらく未知の島嶼《とうしょ》部に存在する敵拠点が、いかなる攻撃手段を有しているか不明であるためである。相手が魔力波式等の索敵手段を有していた場合、高空を飛翔する翼竜騎兵は、すぐに捕捉されてしまう。そして仮に彼らが長射程の新兵器を持っていれば、すぐさま攻撃に晒されてしまう危険性があった。

ゆえに戦力の一部、第二中隊を超低空に隠す必要があった。

機械文明技術の電波や、魔導文明の誇る魔力波は直進する性質がある。そのためこの星が球体であるために、水平線の向こう側――遠方の低空目標を索敵することはできない。低空の第二中隊は、いわば保険。相手の飛行機械が強力な攻撃手段を持っていたり、人類の拠点がなにか新兵器を配備していたりして、万が一第一中隊が全滅したときに、情報を持って帰るのは、超低空に隠れた第二中隊の役割になる。

もちろん相手が早期警戒騎のような、高空から遠距離を索敵する手段を持っていた場合、第二中隊の存在も露見してしまうだろう。それでも用心するに越したことはない。

もちろん賛否両論がある。出撃前、第二中隊長は「全騎が低空を飛翔したほうが、所在が露見する危険性が減る」と主張した。だが単眼族の空中指揮官は、今回の任務が相手の戦力を推し量る威力偵察であることを重視して、「相手を釣り出すためにも、高空を飛ぶべきだろう」と説得した。

威力偵察の任務には、ただ敵情を観察するだけではなく、相手と交戦してその戦力を推し量るところまでが含まれる。ここそこ接近して、敵情を窺《うかが》うのとはわけが違うのだ。

一方で、この第一一翼竜騎兵大隊二十四騎の進出を航空自衛隊航空総隊はすでに察知していた。

彼らを捕捉したのは、空中警戒中であった航空自衛隊第六〇二飛行隊（静岡県浜松市）の、E－767早期警戒管制機である。

通報を受けた航空自衛隊航空総隊司令部（東京都福生市）および中部航空方面隊司令部（埼玉県狭山市・入間市）は、すぐさま戦闘機隊の緊急発進を決定。そして緊急発進指令を受けたのは、首都圏防空を担う航空自衛隊百里基地の第三〇一飛行隊であった。

「スクランブル！」

待機室から操縦士と整備士たちが転がり出るように走り出て、すぐさま鋼鉄の亡霊F－4EJ改へ向かった。緊急発進任務に就く操縦士《ファントムライダー》は、機体に取りつけられた梯子《はしご》を駆け上り、すぐさま座席に収まると素早くヘルメットと酸素マスクを装着していく。

ほどなくF－4EJ改の左右両エンジンがスタートし、爆音があたりに轟きはじめた。

「百里管制塔。こちらエポック〇一——スクランブルオーダー。離陸許可を願う」

格納庫から続々と現れる鈍色の翼。異世界の日射を浴びて輝いたそれは滑走路まで自走した後、爆発的な推力を発揮して空中へと躍り出た。

それを地上の整備士や手隙の隊員たちが、固唾を呑んで見守っていた。

すでに第五〇一飛行隊の偵察機が、国籍不明機《アンノウン》——翼竜に跨乗《こじょう》する未確認人種と遭遇した旨を知らされている彼らは、今回の緊急発進任務が、既知のそれとは異なっていることを知っていた。

また今回の緊急発進任務に供される戦闘機の武装も、平時とは異なっている。

通常の緊急発進任務に就くF－4EJ改ファントムⅡの武装は、概《おおむ》ね二十ミリバルカン砲と短距離空対空誘導弾のAIM－9サイドワインダーが二発である。

だが東の空へと消えていくF－4EJ改ファントムⅡには、過剰に思えるほどの重武装が施されていた。まず主翼下には前述のAIM－9サイドワインダーが四発。そして胴体下には、中距離空対空誘導弾のAIM－7スパローが四発。もちろん二十ミリバルカン砲に備えられた数百発の弾薬は、すべて実弾である。

これは実質的に有事を想定した武装であり、司令部が攻撃を受ける可能性が高い、と考えていることの証左でもあった。

自衛隊機は法的に先制攻撃を仕掛けることはできないし、攻撃を受けて初めて自衛戦闘が可能となる――隊員たちにとって、これほどリスキーな制約はない。前線部隊の司令部はそれを承知で送り出す、だからせめて、と思って重武装を施したに違いなかった。

隊員たちからすれば、搭載された武装が宝の持ち腐れとなることを祈るほかない。彼らの指揮を執る中部航空方面隊司令部は、さらに上級の指揮系統から、武装は認めるができうる限り戦闘を回避するよう、厳命されていた。これは古川内閣が、魔族との交渉前に、空自と翼竜騎兵が交戦することを恐れたためであった。

こうした事情があり、上層部と前線部隊の両者に対して配慮しなければならない、航空自衛隊航空総隊司令部は、板挟みの立場におかれた。とりあえず彼らは中部航空方面隊司令部に対して、戦闘回避を厳命しながらも、完全武装の第三〇一飛行隊を出撃させた。さらに北部航空方面隊司令部に対して、F－2戦闘機を装備する第三飛行隊（青森県三沢市）を、空対空装備で空へ上げておくように命令を出した。これは国籍不明機の数が二十以上であり、万が一戦闘になった場合、第三〇一飛行隊の緊急発進機八機では荷が重い、と判断しての対応である。

「魔力波に感あり、新手です。空中目標八。真西の方角。彼我距離は約三十万歩間（約百五十キロメートル）。速度は一宴間《えんかん》あたり約二百万歩間（時速約千キロメートル）！」

「よし、間違いなく鋼鉄の飛行機械だな」

第三〇一飛行隊F－4EJ改戦闘機八機の接近を、魔力波の反射により察知していた第一一翼竜騎兵大隊の騎兵たちは、いよいよ武者震いして、舌なめずりをした。

距離約三十万歩間は、命中率は低いものの、【誘導魔弾】の有効射程距離である。

血気はやる部下が「攻撃しますか」と問うたが、しかし第一一翼竜騎兵大隊の空中指揮官は「いや」と全騎に魔力波で通信を送った。

「敵飛行機械の外観や攻撃手段、飛行性能を調査したい、できうる限り接近するぞ。全騎、【魔力噴射】【空力制御】用ォー意――いま！」

時速四百キロメートル程度の巡航速度で飛翔していた第一一翼竜騎兵大隊が、突如として一斉に急加速する。大気圏外から降り注ぐ魔力のみならず、魔臓（魔力を蓄えておく内臓）から引き出した魔力を後方へ噴出した翼竜たちは、さらに【空力制御】の魔術で空気抵抗を最小限に抑え――時速千キロメートルにまで達した。

そして奇妙なランデブーが始まった。

「オフサイド。エポック〇一、目標《タリホー》視認。九時方向。国籍不明機は翼竜だ」

「こちら日本国航空自衛隊。貴機は現在、日本国の領空に接近中である。ただちに進路を変更せよ」

第三〇一飛行隊F－4EJ改戦闘機八機は、二手にわかれて低空と高空の両編隊に接近し、地上管制塔とともに、日本語、英語、ロシア語、中国語、韓国語――選択可能なあらゆる言語で、進路変更を呼びかけた。

同時に空自隊員はカメラを取り出して、並走する翼竜騎兵たちを撮影しはじめた。低視認性を持つ、薄灰色の竜鱗《りゅうりん》を纏う翼竜。そしてそれに跨る騎兵たちの姿に、隊員たちは驚愕するほかない。

「事前に報告のあった飛行機械と、形状は酷似しています。やはり量産には成功している、とみていいと思います。主翼には共通して、〝赤い瞳〟。なぜか尾翼には、黄色い襟巻きをした蛙《かえる》族が描かれています」

一方の翼竜騎兵たちも、日本製カメラに比較すれば、遥《はる》かに原始的な撮影機材を使って、飛行機械の撮影を開始していた。また逐一、地上の指揮本部へも報告していく。

「繰り返す、ただちに進路を変更せよ……くそ、こっちの言葉が通じているとは思えないな。このままじゃ領空に入るぞ」

両者による撮影会の最中にも、航空自衛隊側の無線による呼びかけは続いている。

が、翼竜騎兵の通信体系は、機械式電波ではなく、魔力波によるものであるため、そもそも航空自衛隊側のメッセージを受信することができない。

第三〇一飛行隊の操縦士たちは、翼を振ったり、身振り手振りによるジェスチャーを行ったりして、進路変更を呼びかける。が、それを翼竜騎兵たちは、一笑に付した。

航空自衛隊第三〇一飛行隊の隊員にとって、もどかしい緊張の時間が続く。その間にいよいよ第一一翼竜騎兵大隊は、日本国の領空へ侵入した。

「警告する。貴機は日本領空を侵犯している。すみやかに領空から退去せよ」

「オフサイド。エポック〇一、警告射撃の許可を求める」

「エポック〇一、オフサイド。警告射撃は許可できない。繰り返す。警告射撃は許可できない」

本来ならば、二十ミリバルカン砲による警告射撃を実施すべきタイミングであり、平時ならば許可も下りたであろう。だがしかし、今回は魔族との関係悪化を恐れる上層部の意向もあり、警告射撃の許可は下りなかった。

そのため、隊員たちの合間では、焦燥と緊張が極限まで高まった。もうここは海岸線から約十二キロメートルを切る日本領空だ。このままでは翼竜騎兵たちは、領土の上空にまで達してしまう。

「こんなところに陸地があるとは」

すでに翼竜騎兵たちは、日本本土を視認していた。このとき千葉県をはじめとする南関東地方には低い雲がかかっていたため、彼らはその全貌を明らかにすることはできなかったが、あらたな敵の策源地を確認できただけでも、満足であった。

「彼らが攻撃を仕掛けてこないのは解《げ》せないが、このまま敵の航空基地を捜索――」

単眼族の空中指揮官が、大隊各騎へあらたな命令を出そうとした瞬間のことだった。

火線が閃《ひらめ》いた。遅れて、腹に響く発砲音が轟いた。

「こちらエポック〇一、誰が撃った⁉　発砲は禁止されている！」

翼竜騎兵と、超音速ジェット戦闘機の群れ。その最後尾にいたF－4EJ改戦闘機が、発砲した。曳光弾《えいこうだん》がほとばしり、翼竜騎兵の脇を駆け抜けていく。お前は領空を侵犯しているぞ、と伝えるための警告射撃――。

「連発銃で撃たれた、応戦許可を！」

だがこの世界に、警告射撃という概念はない。

「全騎魔術使用自由ッ――戦闘開始！」

次の瞬間、二十騎以上の翼竜騎兵たちが指先に魔力を集束させ、【誘導魔弾】の魔術を完成させた。

「発光現象！」

「なにかまずい、散開《ブレイク》！」

激しく発光する魔弾の完成を見た第三〇一飛行隊の各機は、アフターバーナーに火を入れて、素早く回避機動を取る――が、遅すぎた。

翼竜騎兵が指先から投射した【誘導魔弾】は、誘導用の魔力波を発しながら超音速で空を翔《か》ける。

高空の翼竜編隊に接近していたF‐4EJ改は、大胆な急降下により事なきを得た――が、低空の翼竜編隊を追っていたF‐4EJ改は、失速の危険性があるため回避機動が満足に取れなかった。

「モモタロッ、ホワイトサンダー、返事しろ！　嘘だろ…黒田二尉、東雲《しののめ》二尉、畜生ォ！」

「エポック〇六が空中爆発。交戦許可を！」

「こっちもだ、やられたっ！　オフサイド、エポック〇四。右エンジン不調、右翼に被弾。緊急脱出《ベイルアウト》」

「こちらオフサイド、国籍不明機が発砲してきたのか？」

「オフサイド、エポック〇一。国籍不明機が放った正体不明の発光物体により――くそっ、回避する！」

第三〇一飛行隊のうちの一機――岡山県出身というだけで、モモタロとTACネームをつけられた黒田二尉と、好物のお菓子からTACネームを名づけられた東雲二尉の駆る機が、複数の魔弾の直撃を受けて爆発四散。

さらにもう一機が右エンジンと右主翼に魔弾の直撃を受け、操縦士が緊急脱出した。

残る機はアフターバーナーによる急速加速と、大胆な回避機動が功を奏し、【誘導魔弾】の誘導波の範囲外に辛《かろ》うじて脱した。

だが、事態は好転しない。

「【時間操作】！」

超音速まで加速し、翼竜騎兵を振り切ろうとする第三〇一飛行隊機に対して、翼竜騎兵は【魔力噴射】【空力制御】、さらに【時間操作】の併用により、いよいよ音速の壁を破って追い縋る。魔力量と体力的問題から、超音速飛翔は僅かな時間しか行えない――が、それは燃料的制約のある超音速ジェット戦闘機も同様だ。

「二機を撃破。残るは六機ですが――新手が真北の方角から接近中。空中目標十二、彼我距離は六十万歩間（約三百キロメートル）」

「新手が到着する前に、全機を撃破するぞ！」

高高空に待機する空中警戒騎の報告に、単眼族の空中指揮官は、夢中で鋼鉄の翼へ食らいつく部下へ檄《げき》を飛ばした。二十四騎対六機と、数的優位は揺るぎない。だがしかし、誤射の危険から、全騎が一度に敵機へ攻撃を仕掛けられるわけではないため、その数的優位を活かしきることができていなかった。

「くっ――そ――振り切れえ」

一方で、第三〇一飛行隊の隊員たちは超音速まで加速して、この空域からの離脱を図った。が、翼竜騎兵を振り切ることはかなわず、状況は不利なまま変わりなかった。翼竜騎兵は後方から追い縋り、断続的に【誘導魔弾】による攻撃を仕掛けてくる。一方で、第三〇一飛行隊機は、反撃さえ許されていない。

が、事態は動いた。

「こちらオフサイド、発砲を許可する」

防空指揮所は、決断を下した。

「了解。エポック〇一、エンゲイジ！」

瞬間——一方的な虐殺が、対等な決闘へと変貌した。

「それは、本当ですか」

統合幕僚長から報告を受けた古川首相は、思わず聞き返した。

航空自衛隊第三〇一飛行隊が、犬吠埼東方沖上空にて国籍不明機——翼竜の攻撃を受け、二機が被撃墜の憂き目に遭った。これに対して、中部航空方面隊司令部は独自の判断で、第三〇一飛行隊に発砲を許可。かくして第三〇一飛行隊は、翼竜騎兵と交戦を開始した。

その一報がもたらされたのは、正統王女が虚空に掻《か》き消《き》えた直後であった。

背広組・制服組を問わず、防衛省職員たちが慌ただしく会議室の出入りを始め、防衛省航空幕僚監部の高級幕僚が、並み居る閣僚・高級官僚たちに対し、発生中の事態についての詳しい説明を開始した。

「困りますねえ、現場で判断をされては」

真っ先に小言を呟いたのは、防衛省事務方トップの防衛事務次官であった。防衛省が一枚岩でないことは、有名な話である。事務行政を司《つかさど》る文官（背広組）と、実戦部隊を指揮する武官（制服組）。構造改革が近年は進んでいるが、それでもいまだに両者の対立関係は、事あるごとに顕在化してしまうのが現実だった。

「なぜ中部航空方面隊司令部は、第三〇一飛行隊に発砲を許可した⁉　こっちはこれから魔族と外交交渉を行わなければならないというのに！」

続けて語気を荒らげ、航空幕僚監部の幕僚を叱責したのは、国家公安委員会委員長を務めている佐久間蔵人《さくまくろうど》だった。彼は周囲の目も気にせずに、大喝した。

「なにが自衛隊だっ、勝手に魔族と戦争を始めるつもりか⁉　これでは国が滅ぶぞ！」

彼は決して悪人ではない。むしろ責任感が人一倍強い性格をしているのだが、それゆえに感情のコントロールが利かないという短所があった。強い焦燥に駆られる彼は、無意識のうちに声を荒らげてしまっている。

これに対して、航空幕僚監部の人間はただただ平謝りするほかない。

「発砲許可は、やむをえない判断だったでしょう」

想定外の事態の発生と、佐久間公安委員長の怒声に、閣僚と官僚たちが呆《ほう》ける中、ひとりの女性が立ち上がった。

「それとも……自衛隊員たちの正当防衛の権利を認めず、撃たれれば彼らに従容として死ね、とおっしゃるつもりですか」

詰問に近い口調で、佐久間に対して掣肘《せいちゅう》を加えたのは、米原響子《よねはらきょうこ》防衛相であった。古川内閣の閣僚の中でも、一、二を争うタカ派として知られる彼女は、トレードマークの伊達《だて》眼鏡の位置を直しながら、言葉を続ける。

「すでに第三〇一飛行隊の隊員たちは、翼竜から攻撃を受けています。警察官職務執行法第七条を準用するならば、武器使用も問題はありません。また自衛隊法第八十四条では――」

「わ、わかりました。米原防衛大臣」

米原防衛相の鬼気迫る口撃に、佐久間公安委員長は冷静さを取り戻した。

「先の発言を撤回する、申し訳ない。頭に血が上っていた。我ながら動転していた」

そして彼は、航空幕僚監部の人間に対して素直に謝罪した。根が善良なのもあるが、政治的な判断もあった。落ち着いてみればすぐわかることだ。被撃墜機が出ているこの状況で、自衛隊機の発砲を難詰するのはまずい。「自衛隊機が撃墜されている状況で、佐久間は自衛隊機の発砲に反対した」という話が外部に漏れれば、それは確実にマイナスイメージへ繋《つな》がる。

「……内輪もめはやめましょう」

神野良春《かんのよしはる》内閣官房長官が、平静な口調でその場を取り仕切った。

「起こってしまったことはしかたがありません。事態の分析と、今後の方針決定について、建設的な話し合いを進めたいと思いますが、いかがですか」

地味だが堅実な彼の発言に、古川首相もそのとおりだ、とうなずいた。

「もちろんです」

佐久間公安委員長もまた、己を恥じながら気持ちを落ち着けた。

一方の米原防衛相は、航空幕僚監部の高級幕僚に説明の続きを促した。


「エポック〇二、ＦＯＸ２！」

「くそっ、翼付きの噴進弾だと⁉　振り切れ――」

敵機が放つ赤外線を捕捉するＡＩＭ－９サイドワインダーが、翼竜騎兵が飛翔時に生み出す熱量を追いかけ、マッハ２を超える超高速で哀れな翼竜に体当たりした。

「エポック〇二、敵機撃墜《スプラッシュワン》！」

鉄片、肉片、血煙、火焔が一緒くたになった火花が、空中に咲く。Ｆ－４ＥＪ改の主翼下から解き放たれる鋼鉄の凶弾と、翼竜騎兵の周囲に生成される超常の魔弾とが交錯し、両者があらゆる手段を尽くして逃げ惑う。

「撮影機材を持った騎は――」

第一一翼竜騎兵大隊の空中指揮官は横合いから突っ込んでくる誘導弾を視認すると、ジェット戦闘機ではありえない機動――瞬時に直角の急降下に移り、海面激突の直前で魔力を下方へ噴射してブレーキ、強引に超低空飛翔へ至る荒技――で、誘導弾を振り切った。それから、悪態をついた。

「撮影機材を持った騎は先行離脱、情報を持って帰れ！　くそったれ、敵の誘導方式は何だ⁉」

飛行機械による反撃は、翼竜騎兵にとって予想外に過ぎた。翼竜騎兵や人類の空戦魔術士が放つ【誘導魔弾】は、魔力線か魔力波を発して、その反射を追いかける魔力波誘導方式を採る。そのため、狙われている防御側は、魔力波を浴びた時点で自分が狙われていることがわかる。

だがこの飛行機械が放つ、安定翼付きの噴進弾はどうだ。誘導用の魔力波も放たず、ただただ追尾してくる高速の誘導弾。翼竜騎兵側からすれば、狙われていることにすら気づけないのだから、おそろしい武器であった。

「ベルサージっ、そっちに噴進弾が行きました！」

「畜生がァ――」

レーダー波の反射を基にして、相手を追跡していたＡＩＭ－７スパローが、翼竜の右翼に激突した。炸裂《さくれつ》する約四十キログラムの弾頭。一瞬で右翼は肩口から先が吹き飛んだ。飛散した無数の破片は、翼竜の胴部右側面に突き刺さり、そして同時にその背に跨る騎兵を射殺した。バランスを崩し、錐揉《きりも》み降下する翼竜。その背から、全身に鋼鉄片を浴びた騎兵が振り落とされ、こぼれ落ちていく。

「この下等生物どもがぁ！」

撃墜された翼竜騎兵の僚騎は、憎悪の言葉を喚きながら、遥か頭上を翔ける飛行機械めがけて、【誘導魔弾】を連射した。だがしかし、位置取りが悪すぎる。撃ち上げられた光弾は上昇するだけでも時間を要し、飛行機械を捉えることはかなわなかった。相手を先に発見するか、相手より有利な位置を占めるべし——彼は嚇怒《かくど》のあまり、航空戦の常識を忘れていた。

発砲許可を得た第三〇一飛行隊のミサイル攻撃により、第一一翼竜騎兵大隊は瞬く間に、二十四騎中五騎を喪失していた。

未知の誘導方式を備えた、噴進弾による攻撃。だが勇猛果敢を誇る第一一翼竜騎兵大隊の隊員たちは、恐怖するどころか激昂《げきこう》し、Ｆ－４ＥＪ改に食らいついていく。

天地回転する格闘戦。

航空自衛隊が運用する主力戦闘機としては、Ｆ－４ＥＪ改は旧式機にあたる。またベトナム戦争時には、米軍のＦ－４戦闘機が旧ソ連製の軽量級戦闘機に翻弄されたため、どうしても鈍重な旧式機、というイメージがつきまとう。が、実際には機動性能に深く関わる翼面荷重が良好であり、爆発的な高推力を有するパワフルなエンジンを有しているために、F－4戦闘機の格闘性能は、決して低くない。

「エポック〇一、FOX3！」

眩く発光する魔弾を回避したF－4EJ改が、火線を吐き出して、不運にも彼の前に現れた翼竜騎兵を搦《から》めとる。容赦なく殺到する二十ミリ機関砲弾。それを前にして、翼竜も騎兵も区別はない。一瞬で彼らは、血肉のシャワーとなって海面に降り注いだ。

火焔を噴いて、超音速で翔け抜ける鋼鉄の亡霊。

魔力を噴いて、超音速で追い縋る翼竜騎兵。

「リトルマウンテン、上！　上見ろ！」

「間に合わ」

上下の区別もなき乱戦の最中に、空自側三機目の被撃墜機が出た。遥か上空から降り注いだ誘導魔弾が、尾翼を砕き、左主翼を吹き飛ばし、機首を直撃した。操縦士は即死したか。肉片と血液がぶちまけられた操縦席を載せたまま、瀕死《ひんし》のファントムは海面へ激突して巨大な水柱を立てた。

「ざまあみろ！」

快哉を叫んだ第一一翼竜騎兵大隊の空中指揮官だが、すぐさま部下の報告が彼を現実に引き戻す。

「真北より空中目標群が急速接近中、彼我距離は四十万歩間（約二百キロメートル）」

この新手と交戦する余裕など、第一一翼竜騎兵大隊にはなかった。超音速飛翔と全力の空戦機動は、約二十唱（約二十分）程度が限界であり、翼竜たちが蓄えている魔力量は、もう僅かしかなかった。

「全騎、離脱するぞ」

残り五機となった飛行機械の攻撃をいなし、第一一翼竜騎兵大隊は東の空へと退却を開始する。

これを第三〇一飛行隊は、追撃しようとはしなかった。彼らもまた約二十分に亘る全力の戦闘機動により、弾薬量も燃料残量も心もとない状態になっていたからである。

こうして航空自衛隊第三〇一飛行隊と、魔王直轄軍第一一翼竜騎兵大隊の間で生起した航空戦は幕を閉じた。第三〇一飛行隊は被撃墜三機、第一一翼竜騎兵大隊は被撃墜六騎。結果としては痛み分け、といったところだろうか。

そしてこの航空戦により、両者が得たものは大きかった。既知の戦訓が通用しない相手が、この大空にいる――彼らはそれぞれお互いに、あらたな敵の研究を開始することになる。

「国籍不明機は我が国の領海上空から、犬吠埼東方沖の新大陸方面へ退去いたしました。航空自衛隊第三〇一飛行隊の被害は、被撃墜三機。戦闘中行方不明者が四名、緊急脱出後に海上へ着水した要救助者が二名。一方で、第三〇一飛行隊が正当防衛のために発砲した結果、国籍不明機六機を撃墜いたしました」

「戦闘中行方不明……つまりそれは、殉職ということですか」

「現在、航空救難団飛行群百里救難隊が、捜索を行っています」

不可抗力であったにしても魔族陣営と交戦してしまった、という政治的失策。そして航空自衛隊が、外国空軍と史上初の本格的航空戦を行い、人的被害を出してしまった、という厳然たる事実が、会議室に詰める閣僚や官僚たちを無言にさせた。

この最悪のファーストコンタクトから、どうやって魔族と外交関係を築いていくか。

魔族の存在、魔族と自衛隊が交戦に至るまでの経緯、航空自衛隊から戦闘による殉職者が出たことを、国民にどう説明すればよいのか。

そして日本列島が異世界へ転移した以上、今後発生するであろう食料危機やエネルギーの枯渇に、どう対処していけばいいのか。

考えるべきことが多すぎたし、一歩間違えれば日本が破滅することは明らかであった。

「こういう状況を賽《さい》は投げられた、とあなたがたの世界では言うらしいですね」

沈黙が訪れた会議室に、凛《りん》とした声が響いた。閣僚と官僚たちの視線が、部屋の隅——声の主に集中する。

「アーネさん、でしたか」

「はい」

市街戦仕様の鈍色の戦闘服に身を包んだ、情報幕僚アーネ・ニルソンは、古川首相をはじめとする閣僚や、高級官僚たちを前にしても、怯《ひる》むことなく淡々と私見を述べはじめた。

「貴国の国内事情は理解していますが、ここは軍事命令を古川首相に発していただき、早急に関東地方の防空能力を強化すべきです。日本列島の所在が露見した以上、彼ら魔族攻囲軍は翼竜騎兵の稼動騎を掻《か》き集《あつ》めて、全力で航空攻撃を仕掛けてきます」

「ああ、それもこれもあんたらのせいでね」

思わずぼやいた赤河財務相に対し、情報幕僚アーネは律儀に頭を下げて、「申し訳ありません」と謝罪した。

「いまはただただ、同じ人類種としての友誼《ゆうぎ》に期待させていただくばかりです」

情報幕僚アーネの言葉に、「いい迷惑だ」と誰かが小声で呟いた。

が、ともかくいまは、謝罪を求めている場合ではない。

「アーネさん」

米原防衛相が挙手し、質問を求める。

「その魔族攻囲軍の航空部隊の規模と実力は、どの程度のものなのでしょうか」

米原防衛相以下、防衛省職員からすると、翼竜騎兵の実力は想像以上のものがあった。最初に翼竜騎兵と遭遇したＲＦ－４Ｅ偵察機がもたらした情報では、翼竜騎兵の飛翔性能は、せいぜいレシプロ戦闘機程度。仮に航空戦が生起したとしても、超音速ジェット戦闘機の自衛隊機なら圧倒できるだろう、というのが大方の見方だった。

……だが実際には、どうだ。

第三〇一飛行隊が交戦した翼竜騎兵は、明らかに超音速で飛翔しており、旧式の部類に入るといっても、マッハ２級ジェット戦闘機のＦ－４ＥＪ改に対抗できるだけの戦闘力を有していた。

航空自衛隊が装備する超音速ジェット戦闘機の数は、約三百五十機。日本列島上空の航空優勢を確保するには、十分な数と質がある、と防衛相以下は自負していた。が、それも魔族攻囲軍の航空戦力の規模にもよるだろう。

そのあたりの事情を当然理解しているアーネ情報幕僚は、真実を包み隠さず話しはじめた。

「我が城塞都市を包囲中の魔族攻囲軍が有する航空戦力は、主として魔王直轄軍第一航空艦隊です。航空艦隊とは魔王直轄軍の航空戦力における最大の部隊編制のこと。そして魔王直轄軍第一航空艦隊が保有する超音速作戦騎数は、約二千騎」

「二千――」

「もちろん超音速翼竜の稼動率は低いため、実際に一度の航空作戦に投入できる稼動騎数は、多くても一千騎が限界でしょう。ただしこれは、第一航空艦隊が保有する作戦騎のみ、の数字です」

「一千騎……馬鹿な……」

たった一戦線の話にもかかわらず、一千、二千騎という数字が飛び出してくることに、防衛省職員たちは愕然とした。従来からの空自のライバル、中国人民解放軍空軍でさえ、実戦配備されている新旧ジェット戦闘機は、中国全土で約千六百機でしかない。

「魔族攻囲軍の中核を成す魔王直轄軍――彼らはこの航空艦隊を、複数個有しています。そのため第一航空艦隊を撃破したとしても、戦力補充と再編等が行われると思われます。……魔王直轄軍が保有する超音速作戦騎数は、約六千騎から八千騎といわれています」

負ける。航空幕僚監部の高級幕僚は、背筋を凍らせた。

一千、二千、六千、八千騎――この数字は、総力戦に挑む時代の空軍が有する作戦騎数に近い。しかもおそろしいことに、質は現代空軍とそう変わらないのだ。米空軍ならともかく、一国の軍事組織が立ち向かえる相手では、到底ない。

「驚くほどの規模ではないでしょう。殺し尽くすか、殺し尽くされるか。絶滅戦争を戦っているのですから」

さらりと言ってのけた情報幕僚アーネは、言葉を続けた。

「城塞都市の東方に築かれた前線基地から出撃する、翼竜騎兵の戦闘行動半径内に、東日本一円は収まっています。中国人民解放軍を意識した現在の戦力配置では、首都圏を守りきれるか不安が残ります。イージスシステムを搭載した護衛艦を太平洋側に配置して、防空網を強化すべきでしょう。また大規模な航空戦が生起することを見越して、九州地方や沖縄県の航空部隊を、関東地方に移駐させたほうがよろしいかと。在日米軍司令部に対しては――」

「待っていただきたい」

思わず古川首相は、手を挙げて彼女の話を遮った。

「日本の防衛は、我が国の防衛省に任せていただきたい。それより、さっきの王女殿下からお話を伺っている最中にも感じたのですが――」

ここで言葉をいったん切った古川首相は、情報幕僚アーネを睨《にら》みつけた。

「なぜあなたがたは、我が国の事情に精通しているのですか？」

核心を衝《つ》く質問。だが情報幕僚アーネはうろたえず、平静に答えた。

「貴国を召喚する前から、我々は異世界の情報を収集していたからです。具体的な方法については、安全保障上の事情からお伝えできませんが……。不適切な表現かもしれませんが、我々は召喚後に御しやすい勢力を事前に選定する必要がありました。情報収集をおざなりにして、中華人民共和国やアメリカ合衆国のような超大国や、朝鮮民主主義人民共和国のような覇権主義国家を召喚しては目もあてられません」

「御しやすい、か」赤河財務相が、口先をへの字に歪ませた。「この日本もなめられたもんだな。まだあんたらを助けるとは一言も――」

「我々を助けるかどうかを決めるのは、あなたがたではありません」

は？　と聞き返した赤河財務相に対して、情報幕僚アーネはもう語らなかった。

それから数秒後、会議室内にひとりの官僚が慌ただしく入室し、神野官房長官に耳打ちをした。

神野官房長官は、顔色を変えずに小さくうなずくと、「会議場のテレビを点《つ》けてください」と指示を出す。

「どうやら始まったようですね」

「なにを――」

無感動にぽつりと呟いた情報幕僚アーネに、古川首相が聞き返そうとした瞬間、会議場に備えつけられたテレビが信じられないものを映し出した。

「現在、我が正統王国は多数の難民を受け容れており、酸鼻極まる状況となっています。さきほど私は古川総理と会談し、戦禍に苦しむ我が国民に対するっ……人道的な支援をお願いして参りました。しかし、首尾は……。その……どうか、お願いいたします、戦禍に苦しむ我が国民に人道的な支援を……同じ人類種としての友誼に期待します」

画面に映っているのは、報道陣に囲まれた正統王女。

先程まで会議室で見せていた冷徹な政治家としての表情はどこへやら、彼女は弱々しくも自国民の窮状を訴える健気《けなげ》な十代少女の表情を見せ、周囲に集る報道関係者に――そしてテレビの前にいる視聴者たちに訴えかける。右端には中継のテロップがあり、彼女が現在進行形で話をしていることは明らかだった。

「これは何だ⁉」

騒ぎ出す閣僚と官僚たちに、情報幕僚アーネは余裕《よ》綽《ゆうしゃく》綽《しゃく》、飄々《ひょうひょう》と「テレビ中継ですよ」と言ってのける。

「そんなことはわかってる――」

「我が国が貴国――正統王国のそばに出現した、というのは事実なのですか？」

「はい、我々からすると、そうです。昨日、私が西の海に向けて、祈りを捧《ささ》げていたところ……突然、海が光って……。我が正統王国の西方の海上に、貴国が出現したのです。突然の出来事に驚きましたが、我が国は貴国と国交を樹立し、友好的な関係を築きたいと考えています。だからこうしていまここを訪れました」

「すぐに報道をやめさせろっ！」

怒鳴ったのは、佐久間公安委員長だった。

「彼女が話をしているのは、首相官邸《こ》《こ》の正面玄関口前だ！　記者クラブの連中め、特オチ（※自社だけが乗り遅れること）にビビッて、無断で報道を始めたか！」

正面玄関口前で首相の出待ちをする記者の前に、瞬間転移で姿を現す――正統王女の暴挙に、閣僚たちは慌てふためいた。若手官僚の何名かが、報道を止めさせるべく、会議室を出ていく。

が、すべてが遅い。

美しい銀髪と翠眼。白絹の婦人服に身を包み、全身から高貴な雰囲気を醸し出す正統王女は、記者からの質問に答え、あるいは自分たちに都合のよい訴えを続けていく。

「これは参戦のお願いではありません。ただ非戦闘員である我が国民のための支援をお願いしているだけなのです……」

頭を下げて懇願する彼女の姿を生中継で見て、心を動かされない者などいないだろう。

「我々はただ古着や毛布など貴国で余っている物資を少し頂けないか、と。古川総理には難色を示されてしまいましたが、どうか、どうか……」

遅れて「取材をやめてください」と警備員や若手官僚が報道陣を掻き分《かわ》け、正統王女に迫る――が、次の瞬間、正統王女は再び虚空へ掻き消えていた。

どよめく報道関係者たち。半信半疑で話を聞いていた者も、目の前で再び超常現象を見せつけられては、いよいよこの日本が奇妙な事態に巻き込まれていることを認めざるをえない。

「これがあんたらのやり方か」

憎々しげに吐き捨てる赤河財務相に対して、情報幕僚アーネは無表情でうなずいた。

「重ねてお詫び申し上げます。ですが、ご理解ください。絶滅を目前にして、我々は手段を選んではいられないのです。……この国では主権が国民にある、と伺いました。ならばメディアに露出して、国民の理解を得るのが重要かと思いまして」

日本政府から支援を引き出すために、日本国民の同情を集めて、外堀を埋めにきたか――古川首相は正統王国側による想像外の戦術に、苦虫を嚙《か》み潰したような表情をした。このままではまずい。人類と魔族の絶滅戦争に、引きずりこまれる。

「これで我々を嵌《は》めたつもりか!?」

感情の激しやすい佐久間公安委員長が、机を叩いて吼《ほ》えた。

「ならばこっちにも考えがあるッ！　この異世界召喚が貴国によって仕組まれたものであることをマスコミに暴露してやる！　そうすれば貴国に対する国民の同情など、すぐに吹き飛ぶぞ！」

だが情報幕僚アーネは、彼の怒声にも動じることはなかった。

「そうしていただいて、結構です」

「は？」

「正直に申し上げると、殿下の一連の行動に政治的な効果はありません。貴国民の同情が集まろうが、集まるまいが——貴国が魔族との戦争状態に突入することは、既定路線ですから」

情報幕僚アーネの言葉に、閣僚たちは困惑した。日本国自衛隊と魔族攻囲軍の激突は回避不能、そこまでの確信があるのならば、正統王女がメディア露出する必要は、本当にない。

「じゃあ、なぜ——」と問う古川首相に対して、異世界人は無感情に答えた。

「嫌がらせですよ」


「空自、国籍不明機と交戦」

「空自、被撃墜三機、行方不明者四名」

「日本国、異世界召喚」

「正ユ王女、人道的支援を依頼」

「首相、防衛出動検討か」

航空自衛隊第三〇一飛行隊と、魔王直轄軍第一一翼竜騎兵大隊が交戦し、正統王女がカメラの前に現れた翌朝——大手新聞各社の朝刊一面には、衝撃的な見出しが躍っていた。新聞各社は紙面の多くを割き、正統王女の声明や、神野官房長官が記者会見で明らかにしたことをまとめて、購読者向けの解説を載せた。

社説には各紙の特徴が出た。

「日本政府は早急に正統王国と、安全保障条約を締結し、その後に集団的自衛権を行使し、犬吠埼東方沖の新大陸に存在する、魔族攻囲軍の策源地を攻撃すべし」と論調をとったのは、全国紙を発刊する大手新聞社の中では、最も保守的とされる『扶桑《ふそう》新聞』であった。彼らの主張を端的にまとめれば、要は「日本防衛のためにも、大陸西岸にある魔族攻囲軍の航空基地を、早急に叩き潰してしまえ」、ということだ。元の世界において、アメリカとの関係を重視し、中華人民共和国・北朝鮮に対しては、敵視的な立場をとってきた彼らしい主張であった。

この『扶桑新聞』とは正反対に、発砲した航空自衛隊への非難と、平和主義を堅持する主張に終始したのが、『旭日《きょくじつ》新聞』であった。大学入試等にも採用されることのあるコラム、『日本のめざまし』には、「地球上でも稀《まれ》にみる戦争放棄を規定した、日本国憲法を活かし、この異世界でも平和外交を行えば、必ず途は拓《ひら》ける」「我が国の平和主義は、必ずやこの異世界に平穏をもたらす」と、日本国憲法への信頼に基づいた論説が掲載された。

一方で『衆知《しゅうち》新聞』『日夕《にっせき》新聞』といった他の大手新聞社は、より慎重な意見を述べた。

「正統王国と異世界人類には同情しなければならないが、人道的な支援を決定すれば、それは魔族勢力と事を構えることになる。すでに自衛隊機と魔族攻囲軍の航空機は交戦してしまったが、今後はできうる限り、魔族陣営に対する刺激を避けて、外交チャンネルを開くように努力するべきであろう」――まとめるなら、このような論調である。

だが、一方で。

国内サーバーとインフラで維持されるインターネット上の世論調査では、「古川首相による防衛出動命令」賛成七十六％、「正統ユーティリティ王国への人道的支援」賛成六十三％、「日本国自衛隊の大陸派兵」賛成五十一％――積極策を推す意見が、過半数を占めていた。

「いずれにしても日本列島が立ち枯れる前に、大陸へ進出して資源を確保しなければならないのだから、やるんだったら正統王国が残っているうちに、派兵を決めたほうがよい」

「大陸に自衛隊を派遣して、現代科学技術で無双しよう」

「自衛隊の退役した装備品を正統王国に供与して、正統王国軍に代理戦争をさせればいい」

今回の異世界召喚についてまとめた政治系のブログ記事には、次々とコメントがついたが、そのほとんどは積極策を推す意見であった。中には陸海空自衛隊の敵地攻撃能力に懐疑を示すコメントや、日本に総力戦を戦い抜く国力があるのかを問題提起するコメントもあったが、こちらはあまり目立たなかった。

「この度の日本列島の異世界転移……これは自然現象によるものではありません」

この日の正午には、さらに世論が動いた。神野官房長官が、日本列島の転移は正統王国によって、人為的に引き起こされたものであり、きわめて遺憾である旨を会見したのである。

正統王女に扇動されるがまま、日本国民が積極的交戦に乗り気になってしまったら、たまったものではない。少々出遅れた感はあるが、古川首相は積極策に傾こうとする世論を切り崩すべく、カードを切った。佐久間公安委員長をはじめとする閣僚の一部は、「これで世論は正統王女叩きに終始するだろう」と、溜飲《りゅういん》を下げた。

だがしかし、古川内閣の思うように、世論は動かなかった。陸地だけで約三十八万平方キロメートルある日本列島を故意に召喚するなど、実際問題として現実感に乏しい。正統王国が日本列島を召喚した、という客観的な証拠もない。しかもその後、ゲリラ的にマスメディアの前に姿を現した正統王女は、「そんなことができるなら、私たちは魔族を別世界へ飛ばしています」と至極まっとうに思える反論をしてみせた。

古川内閣を信じないわけではないが、正統王国が日本列島を召喚した、という話は荒唐無稽に過ぎる――報道各局の反応は、困惑の一言に尽きた。ネット上では正統王女や正統王国を批判する書き込みが増えたものの、相変わらず強硬路線が支持された。変化と言えば、「正統王国を電撃占領して、旧・正統王国領を大陸における拠点として、魔族と戦争しよう」というコメントが、神野官房長官の会見以降に現れはじめたくらいだった。

……結局のところ、古川内閣が切ったカードの効果は、さらなる混乱を招いただけであった。

「自衛隊機は三機が撃墜され、自衛隊員の方は四名が行方不明、二名が軽傷を負った！　これは総理、自衛隊の最高指揮権を持つあなたの責任ではないのですか⁉」

「古川総理は、事態の把握と情報収集に努めるとおっしゃるが、こうしている間にも正統王国の国民は餓《う》えている。すぐにでも人道的支援の決定をされてはいかがですか？」

「消息筋によると、海上自衛隊の護衛艦が横須賀《よこすか》に集結中とのこと。防衛出動待機命令も下令されていないのに、これはまずいんじゃないんですか、古川総理⁉」

そして開会中の通常国会における、野党側の追及は熾烈を極めた。政権与党に対する監視役……それが野党に本来期待されている役回りであるが、現実には攻撃材料があればそれに飛びついて、無節操な政権批判を繰り返したり、国民へのパフォーマンスに終始したりすることだけを考える野党議員も多い。

今回の日本国の異世界召喚は、彼らにとっては日本の危機ではない。むしろ彼らからすれば千載一遇、古川政権転覆の好機であった。

「…………」

与野党の舌戦を、賢い一部の野党議員は、苦虫を噛み潰したような表情で見つめている。

「馬鹿が」

泡沫《ほうまつ》野党の立憲労働党議員が嬉々《きき》として質問する傍《そば》で、野党第一党の民主共和党議員、酒井《さかい》茜《あかね》は思わず悪態をついた。

「酒井さん、ちょっと声が大きいですよ」

隣の席に座る同じ党の議員が、ぎょっとして酒井に注意した。が、彼は腕を組んだまま「事実を言っただけだ」と言い放ち、質問に立つ立憲労働党議員を睨みつける。

「日本国民からしてみれば、非常識的事態を前に頑張っている古川をいじめているようにしか見えん。労働党がどうなろうが、俺の知ったことではない。が、同じ野党で括《くく》られるこっちとしては、いい迷惑だ」

「まあ、たしかに」酒井の言葉に、隣席の同党議員も相槌《あいづち》を打つ。「挙国一致じゃないですけどね。こっちも歩み寄ったほうが、政権与党の自由民権党に借りも作れるし、国民の我々に対するイメージもよくなる」

「うん」

民主共和党議員の酒井は、政権交代を一度経験している。民主共和党政権時には、恰幅《かっぷく》のよい彼の外見に似合ったポスト——防衛副大臣を務め、激甚災害への対応や、北朝鮮に関する諸問題の解決に努めた。こうした経験ゆえに、彼は思う。

「労働党の連中はわかっているのかな。万が一、この異世界で政権交代——野党連立政権が成立したら、この非常事態の収拾にあたるのは自分たちだ、ってことを」

「さあ。いままでどおり、脊髄反射で批判しているようにしか見えませんけどね」

「まあ、彼らの支持層を考えれば、批判せざるをえないというのもあるか」

比例代表で立憲労働党に投票する支持者層は、左派の人間と一般的には言われている。そのため、立憲労働党議員たちはここで古川内閣に対して、日和ることはできないのかもしれない。そう思うと、酒井は立憲労働党の人間がかわいそうになった。

だがともかく、野党としては政権与党に協力しておくのが、この局面でのベストだ。そして元の世界に戻ることができたり、当面の問題がかたづいたりしたら、古川内閣の失策をあげつらって攻撃するのが良《い》いだろう――このとき酒井は、そう信じて疑わなかった。

一方の古川内閣は、うまい具合に答弁を引き延ばして質問時間を浪費したり、当たり障りのない答弁を連発したりして、のらりくらりと質疑を受け流していく。


「大変なことになりましたね……ナマ弾も配られますかね」

「知らんけど、銃剣の刃をつけたりとかはするんじゃない」

与野党の舌戦が繰り広げられる間にも、陸海空自衛隊は魔族攻囲軍との交戦に備えて、着々と戦闘準備を整えていた。

前例なき命令を下すことに抵抗を感じた、古川総理以下閣僚たちと、高級官僚たちの意向により、防衛出動命令はおろか防衛出動待機命令さえ出されていない。だがしかし、そんなことはおかまいなしである。

まず第一空挺《くうてい》団や第一ヘリコプター団をはじめとする、陸上自衛隊陸上総隊の直轄部隊と、陸上自衛隊東部方面隊隷下第一師団（東京都練馬区）、同方面隊隷下第一二旅団（群馬県榛東村《しんとうむら》）が、防衛出動待機や国民保護等派遣——そして万が一、防衛出動命令が下った場合に即応できるように態勢を整えはじめた。

同時に陸上自衛隊吉井《よしい》弾薬支処（群馬県高崎市）からは備蓄弾薬が運び出され、関東一円の陸上自衛隊諸部隊への補給が開始された。

極論を言えば、平時における陸上自衛隊に戦闘力はない、と言ってもいい。全国各地に点在する陸上自衛隊駐屯地に保管されている弾薬量は、きわめて少ない。警備に立つ陸士の銃に、弾が入っていないのは有名な話であるし、普段から使用している銃剣に至っては、ケガを防止するために刃が付いていていない始末だ。

そのため、弾薬の輸送と集積をはじめとする、戦闘準備が急がれた。

中でも補給が優先されたのは、中距離地対空誘導弾を装備する陸上自衛隊第二高射特科群（千葉県松戸市）と、陸上自衛隊高射学校高射教導隊（千葉県千葉市）であった。現実的な脅威として首都空襲が考えられている以上、これら首都圏の防空を担う部隊にかかる期待は大きい。

海上自衛隊では横須賀に配備されている護衛艦に対して、有事を想定した弾薬補給が始まっていた。平時においても護衛艦は、満載量の半分から三分の一程度の実弾を搭載していると言われている。が、このときは戦闘力を百%発揮できるよう、最大限の弾薬補給が行われていた。

この時点で首都圏防空戦に即応できる護衛艦は、平時からの整備努力が実を結び、横須賀基地を母港とする全十隻となる。

海上自衛隊第一護衛隊の『いずも』『はたかぜ』『むらさめ』『いかづち』と、第六護衛隊の『きりしま』『たかなみ』『おおなみ』『てるづき』。加えて横須賀地方隊の第一一護衛隊、『やまぎり』『ゆうぎり』の以上がそれである。

ただしこの十隻の中で、広域に亘る防空（艦隊防空）を担えるイージスシステム搭載のミサイル護衛艦は、第六護衛隊のこんごう型護衛艦『きりしま』のみであった。

残りの艦艇は個艦（自艦）か、隣接する友軍艦艇を航空攻撃から防御する程度の、限定的な防空能力しか持たない――射程距離五十キロメートル程度の艦対空誘導弾しか装備していないため、実際のところ首都圏防空戦で活躍できるかは、疑問符がつくところだ。

そして先の航空戦で行方不明者を出した航空自衛隊では、ただでさえ濃密な防空網をより強化すべく動き出した。

まず首都圏の航空優勢を維持するうえでの要、航空自衛隊百里基地の第三〇一飛行隊と第三〇二飛行隊は、両隊とも国籍不明機に対する即応態勢を整えた。

さらに世界最強の戦闘機Ｆ－15イーグルを運用する、第六航空団第三〇三飛行隊、第三〇六飛行隊（ともに石川県小松市）と、日米共同開発のＦ－２戦闘機を運用する、第三航空団第三飛行隊（青森県三沢市）が、完全武装の要撃機を上空待機させる、戦闘空中哨戒《しょうかい》を開始。

これにより航空自衛隊航空総隊は、約六十機以上の戦闘機を、首都圏上空へ即時投入できる態勢を整えたことになる。

こうして陸海空自衛隊は、来るべき決戦への備えを整えた。


「前述のとおり、第一一翼竜騎兵大隊が交戦した飛行機械は、未知の誘導方式を備えた噴進弾を備えています。またこの飛行機械は、魔力を消費しない超音速飛翔を実現しており……」

魔王直轄軍航空総監部の参謀が、小さな腕を振り回して、あらたな敵に関する説明を続ける。

日本国自衛隊が迎撃態勢を整える中、一方の魔族攻囲軍も、人外諸族の代表者から成る最高意思決定機関『人外諸族軍事会議』を招集し、城塞都市西方の大海に出現した、あらたな人類軍拠点に対する攻撃計画を練りはじめていた。

だがこの人外諸族軍事会議は、健全な機関ではない。

人外諸族軍事会議が設置されているのは、旧・正統王国王都の中枢——王城玉座の間である。金糸に縁取られた赤絨毯《じゅうたん》が敷き詰められた床。銀細工で飾られた天井。そして白、桃、赤の花が収まる白陶の花瓶が置かれた円卓には、五十を超える諸族代表の席が準備されている。

……この五十を超える諸族代表が、みな曲者《くせもの》であった。

「ちょっと待て。いいか、だいたいいまさら飛行機械の量産なんてできる工業力が、連中にあるはずがねえ——禁忌【勇者召喚】で喚《よ》び出《だ》したに決まってる。舐めてかかったらこっちが殲滅されるぞ」

「いや禁忌【勇者召喚】が使われたならば、それこそ早急に勝負を決める必要がある。魔王直轄軍参謀総長閣下には、航空艦隊による人類拠点殲滅をお願いしたい」

「そうさな……我が種族は航空戦力を持たない。魔王直轄軍にお願いするほかはない」

人類軍を包囲殲滅せんとする魔族攻囲軍の実情は、様々な種族出身の権力者が抱える、私兵の連合軍でしかない。その中核は小人族や耳長族、巨人族、長髭《ひげ》族、単眼族といった亜人を庇護《ひご》する一大権力者、魔王を戴《いただ》く魔王直轄軍である。が、その魔王直轄軍の地上戦力はその数せいぜい約三十万名程度であり、数の上では攻囲軍全体の三分の一程度にすぎない。

魔族攻囲軍にはその他、鬼族の総大将である悪鬼王や、火竜や竜人《りゅうじん》といった竜族を従える竜王、知性ある獣の統率者獅子王《ししおう》、妖精たちを指導する義勇兵団長など、五十を超える権力者たちが手勢を引き連れて参加しており、それでやっと地上軍約百万の威容を保っているのである。

つまり名実ともに、一枚岩ではない。というよりも一皮剥けば、紛争の火種を抱える烏合《うごう》の衆にすぎない。

例えば猿族と鳥翼《ちょうよく》族は、山間部の支配権を巡って長年の対立関係にあり、鬼族と蟻《あり》族は生存圏が決定づけられるまで、殺し合ってきた間柄である。

……だが、現在だけは魔王直轄軍と同盟を結び、人類をこの地上から根絶すべく結集していた。

紛争を解決するのは、それが終わってからでいいだろう。すべては人類を滅ぼしてから始まる。

荒廃した生活も、戦争が終われば立ちなおる。

魔族攻囲軍の将兵は、建前ではその一念で戦っている。

ただ彼らは誰もが、人類を滅ぼした後に始まるであろう、潰し合いの予感におびえてもいた。

人類を相手にした絶滅戦争の過程で、各勢力の軍事力は拡大され過ぎた。以前ならば、戦争と言っても、所詮は〝小競り合い〟にすぎなかった。だがしかし、現在では種族が根絶やしになるだけの大戦争が起こりうる。

──人類を滅ぼした勝利の瞬間、もし自勢力が疲弊していれば、他の魔族に自分たちは殲滅されてしまうのではないか？

……人外諸族軍事会議に参加する各勢力の指導者たちは、みなそういった危惧を持ってこの対人類戦に参加している。そのため、彼らはいかに自勢力の損耗を抑えて、戦勝の瞬間を迎えるかに腐心しており、そのことが人外諸族の持つ思考や、歴史の差異以上に問題となっていた。

「我々魔王直轄軍参謀本部としては、第一航空艦隊の全稼動騎を以《もっ》てあらたな人類拠点に航空攻撃を仕掛けるつもりでいる」

発生から現在に至るまでの経緯も、社会体制も、思考形態さえ異なる諸族を取りまとめる耳長族の魔王直轄軍参謀総長は、ため息をぐっと我慢すると、魔王直轄軍参謀本部の方針を切り出した。

「人馬族代表のおっしゃるとおり、あの飛行機械やあらたな人類拠点が、禁忌【勇者召喚】によりもたらされたものだとすれば——時間が経てば経つほど、こちらは不利になる。我々魔王直轄軍参謀本部は、あのあらたな人類拠点がこの世界に馴染《なじ》まないうちに攻撃を仕掛け、一挙殲滅しなければならないという結論に至った。航空戦力を有する諸族は、我が魔王直轄軍第一航空艦隊の攻撃に協同されたい——鳥翼族の都合はいかがか」

話を振られた鳥翼族の代表——巨大な鉤《かぎ》爪で座席の背もたれに止まる大鷲《おおわし》は、首を傾《かし》げると、魔力波で空気を振動させて答えた。

「我々鳥翼族は即時攻勢に反対である。飛行機械が有する攻撃手段の誘導方式が不明であり、あらたな人類拠点についての情報も不足している。この状態で我が将兵を派遣することはできない」

結局は自勢力から損害を出したくない、ということだろう。もとより鳥翼族の参加を期待していなかった魔王直轄軍参謀総長は、まったく落胆することもなく、強力な航空戦力を保有する他勢力に水を向けた。

「竜王陛下率いる竜王軍はいかがか」

参謀総長に話を振られたのは、竜王の言葉を中継してこの場に伝える役割を持つ竜人族の代弁者カセルである。彼は金色の瞳をぎょろりと動かし、幾度か口先へ舌を出し入れしたまま、しばらく黙りこくった。濃緑の竜鱗に覆われたその顔から、表情を読み取ることはできない。

竜種は魔族陣営、そしてこの世界における最強の種族である。身体能力と魔術操作に長ける竜人と飛竜から成る外界機動戦闘団、そして超常的飛翔能力を有する火竜たちから成る軌道爆撃竜団——前者はともかく、遥か高空の低軌道上から、地上へ重爆撃面制圧を仕掛ける後者を相手にして、無事でいられる軍隊など存在しない。

ただ彼らには、どうしようもない欠点が存在する。

「竜王陛下は〝最後の防衛機構である我々は、この戦に興味はない〟とおっしゃっております」

世界最強の武力を鼻にかける、きわめて高慢な超越者気取り。彼らは魔族攻囲軍に対しきわめて非協力的であり、低軌道上から一方的に人類軍を殲滅できる軌道爆撃も、この戦役では一度たりとも行ったことがない。名実ともに、絶対的強者として君臨する彼らからすれば、人類と人外の絶滅戦争の戦局などどうでもいいのだろう。

「小指ほどの役にも立たねえ、クソトカゲが……。参謀総長ッ！」

鬼族を代表する筋骨隆々の赤鬼――悪鬼王は、小声で悪態をつくとその豪腕を振り上げて挙手した。

「竜王軍軌道爆撃竜団の支援がないなら、攻撃は取《と》り止《や》めるべきだ。さっきも言ったとおりだが、連中は禁忌【勇者召喚】を発動したに違げぇねえ。超音速飛行機械と魔力波を使わない、未知の誘導方式を持つ噴進弾が出張ってきたことからすると、科学文明が進んだ異世界の航空基地を召喚したかもしれん。幸か不幸か以前とは、いろいろ違げぇみたいだ。情報収集を継続し――」

見かけの粗暴さとは裏腹に、それなりの戦略眼と、禁忌【勇者召喚】に関する知識を持つ悪鬼王は、慎重策を推した。仮に禁忌【勇者召喚】によって、異世界戦力が召喚されたのだとすれば、まずは彼らの魔導・科学文明の水準を測ることが重要である。短期決戦を挑むにしても、長期の消耗戦に持ち込むにしても、まずは必要最低限の情報収集をするべき、というのが悪鬼王の考えだ。

だが魔王直轄軍参謀総長は、「いや」とあくまで譲らなかった。

「やはり速戦即決でかたづけるべし、というのが我々魔王直轄軍参謀本部の方針だ。本国政府も認めてくれている。飛行機械が魔力を使用しない以上、その主はいびつに発達した科学文明であり、魔導文明を持たない可能性が高い。ならばこちらの手の内、魔導について把握されないうちに叩くのが最善」

「……参謀総長、焦ることはねえ」

かつてこの大陸に覇を唱えた大帝国を、一夜にして灰燼に帰し、百億を超える帝国臣民を異形へと変貌せしめた【勇者召喚】。それを人類が発動した可能性を前に、参謀総長は焦っているのではないか、と悪鬼王は彼を諫《いさ》めた。

だが耳長族の参謀総長は、悪鬼王――かつての朋友《ほうゆう》を無視し、諸族の代表者に対して宣言した。

「貴族らには申し訳ないが、此度《こたび》は我ら魔王直轄軍一手のみでもあらたな人類拠点へ攻撃を仕掛ける」

この後、魔王直轄軍第一航空艦隊は、あらたな人類軍航空戦力の撃滅を目的とする、洋上新人類軍拠点への攻撃準備を開始する。そして第一航空艦隊の全稼動騎――約八百騎が晴天の青空へと舞い上がったのは、その翌日の正午のことであった。

航空自衛隊第三〇一飛行隊と、魔王直轄軍第一一翼竜騎兵大隊が交戦した二日後――日本国が異世界へ召喚されてから、四日目の正午。

日本全国のスーパーマーケットやコンビニエンスストアから輸入食品と加工食品が徐々に消えはじめ、異世界転移の影響がいよいよ国民生活を直接的に脅かしはじめたころ、東京都千代田区は混《こん》沌《とん》の最中にあった。

「ヒトラーの再来、古川首相の手から立憲主義を守ろう！」

「いまこそ変革のとき、陸海空自衛隊は陸海空国防軍へ、そして核武装によってあらたな脅威に立ち向かうべきである！」

「真性の馬鹿、古川を倒す！　東京国賊政府をいまこそ倒すぞ！」

東京都千代田区はいまや、日本中のあらゆる政治活動団体と、宗教団体の集合場所となっていた。〝永田町のクズどもは腹を切れ〟と大書された極右団体のトレーラーと、〝憲法九条が世界を救う〟と印刷されたビラを撒《ま》き散《ち》らすミニバンが並走し、沿道はデモへ参加すべく歩く人々で溢《あふ》れかえっている。

国会議事堂前は、横断幕やプラカードを掲げたデモ隊で埋め尽くされていた。反戦平和団体や野党支持者が続々と合流し、参加者が爆発的に増加し、事前に届け出された規模を遥かに超えたデモ活動になってしまっている。

「古川！　辞職！　古川！　辞職！」

彼らは国会議事堂の敷地《しきち》前に停《と》められた機動隊車輛《しゃりょう》、その背後にそびえる国会議事堂へ声を届かせようと、必死に叫び声を張り上げる。音楽、拍手、絶叫——音という音が鳴り響き、政治的主張のために集合した人々は、集団催眠にでもかかったようにヒートアップしていく。

「頭がおかしくなりそうだ」

国会議事堂前を警備する機動隊員たちは、爆音に晒されながらも、不動の姿勢を崩さなかった。

このとき、デモ隊が集結した国会議事堂前はもちろんのこと、官公庁街や東京メトロ各駅、皇居、各国大使館と広範囲の警備を任された警視庁警備部機動隊の隊員たちには、多大なプレッシャーがかかっていた。

あらゆる政治的主張を掲げる人々が、万単位で集まっているせいで、千代田区をはじめとする東京都心では、散発的な騒乱が発生していた。

街頭では朝から排外主義を掲げる行動派の保守系団体が街頭演説やデモ行進を繰り返しており、これに対するカウンター団体も釣られて現れ、右派左派団体同士の衝突が起こっていた。

また自国への帰国手段を失い、行き場を失った外国人たちが、それぞれの在日大使館に助けを求めて殺到。訪日外国人の一部は暴徒化し、強盗や不法侵入を働きはじめた。

こうした混乱に乗じて、過激左派も集結しているらしい。機動隊員たちはすでに複数名の男を、現行犯（火炎びんの使用等の処罰に関する法律）で逮捕していた。

「現在、陸上自衛隊東部方面隊は、自衛隊員に対する呼集をかけており、また群馬県高崎市の吉井弾薬支所からは、弾薬を満載した自衛隊車輛が出発していますよね!?　なぜ防衛出動待機命令もなしに、彼らはこうした行動を取っているのですか？　古川総理、あなたはこうした自衛隊の行動をご存じなのでしょうか？　もしご存じないなら、文民統制が不十分だということになりますし、ご存じであったなら、なぜ私たちや国民に対して説明したうえで、防衛出動待機命令をお出しにならないのか！」

「そうだ、なに勝手なことやってんだ！」

……未曾有の騒乱の最中で、通常国会における与野党間の質疑応答は続いていた。古川政権を攻撃する材料を手に入れた野党は、ただひたすらに空自隊員行方不明の責任や、防衛出動待機命令なしに、陸海空自衛隊が武力行使の準備を進めていることに対する追及を激化させている。

対する古川内閣総理大臣以下、政権与党側は適当な答弁を繰り返す、逃げの一手だ。

「陸海空自衛隊は通常業務、つまり演習の一環で弾薬の搬出や移送を行っているにすぎません」

「野党議員は自衛隊の日常業務まで監視するのかぁ⁉」

「弾薬の搬出が演習の一環？　詭弁《きべん》もいいところだ、馬鹿馬鹿しい！」

「防衛出動待機命令や防衛出動命令を下す際には、必ず私が国会で、そして国民に対して説明いたします」

古川首相はきっぱり言い放つと、自身の席へと戻っていく。が、その自信に満ちた口調とは正反対に、その表情は暗い。額には脂汗が浮いている。

着席した古川首相に、隣席の赤河財務相が軽口を叩いた。

「ったく、これで何度目だ？　何遍同じ質問をすれば気が済むんだ、ってこっちが質問してやりたいくらいだよ」

赤河財務相に対して、古川首相は微《かす》かに笑った。が、そのまま彼と談笑に突入するほどの余裕はなかった。

情報幕僚アーネがもたらした情報を信用するならば、航空自衛隊が交戦した勢力は、隣国の軍事組織をも凌駕《りょうが》する。過剰表現ではなく、日本国はいま亡国の危機を迎えているのだ。そして今後、史上初の防衛出動命令を下し、自衛隊員約二十五万名の生命を危機に晒さなければならなくなる可能性が高いことを思うと、ひどく気が重かった。自分自身の決断や命令に伴って、自衛隊員が殉職する――その責任に耐えられるだろうか。自衛隊員の遺族に合わせる顔などない、面罵されればされるがまま、謝罪の言葉も思いつかないだろう。

「……古川内閣の閣僚と外務省職員が、正統ユーティリティ王国の人間と接触していることは周知の事実です。しかしながら。彼らは我が日本国において有効な旅券を所持していましたか？　また彼らは入国審査官による入国審査を受けましたか？」

野党の質問の矛先は、木下外相へ移った。異世界人は不法滞在の犯罪者であり、その犯罪者と閣僚・官僚がつるむなど言語道断、という変化球じみた攻め口である。

「危機的状況にあって避難してきた彼らに、パスポートを求めるのか!?」

木下外相が答弁に移る前に、複数の与党議員がヤジを叫んだ。

「おいおい、ここは異世界だぞ！　笑っちゃうよ、異世界人にパスポートを出せってか」

与党議員と野党議員のヤジが続々と飛ぶ中、背後に控える外務省職員から助言をもらった木下外相が立ち上がる——そのとき、複数名の官僚が、神野官房長官をはじめとする閣僚たちへ、そして古川首相の元へ行き、そっと耳打ちをした。

彼ら閣僚たちは一様にうなずき、古川首相に視線を投じる。

それに力を得た古川首相は、深呼吸をすると「敷島《しきしま》衆議院議長ッ」と声を張り上げて挙手をした。

予想外の展開に、しん——と静まり返る議場。

悪役顔と称されている敷島義盛《よしもり》衆議院議長は、思わず天を仰いだ。彼はすでに古川首相から、根回しを受けていた。脇役とはいえ、まさか歴史的瞬間に立ち会うことになるとはな、と内心呟いてから、声を堂々張り上げた。

「質疑を中断いたします！」

敷島衆議院議長は、有無を言わさぬ口調で質疑の中断を言い渡すと、続いて「古川内閣総理大臣」と、日本政府のリーダーを指名した。

立ち上がる古川首相。

——自衛隊員はみな、危険を顧みずに任務完遂に務め、国民の負託に応えることを誓っています。覚悟は、できています。

事前に統合幕僚長から言われた言葉を思い出しながら、古川首相はマイクの元へ向かう。言論の力も、理想とする平和主義も、無責任な国粋主義も通用しない、無慈悲な闘争の開始を宣言するために。

「ただいま防衛省によりますと、千葉県銚子市犬吠埼東方沖に設けられている防空識別圏に、国籍不明機が進入。そして我が領空へと接近中とのことです。国籍不明機の数は、四百機以上。陸海空自衛隊が運用するレーダーの技術的制約もあるため、実際にはこれ以上の国籍不明機が、日本領空へ接近しているものと思われます」

ざわめく国会議員たちをよそに、古川首相は淡々と続けた。

「数百機規模の編隊。彼らが我が国に対する、武力攻撃を目的としていることは明白であり、この現状は武力攻撃事態対処法における、武力攻撃事態にあたると思われます。そして私は内閣総理大臣として、日本国憲法に示されている生命、自由および幸福追求に対する国民の権利を、武力攻撃から守る責任があります」

ひとつの決断が破滅をもたらすことがある、それは歴史が証明している。さりとて、決断しなければ、確実に破滅がもたらされるときもある。いまがそうだ。誰かがすべての責任を背負いこんで、決断を下さなければならない。

（内閣総理大臣とは、とんだ貧乏くじだ）

古川首相は内心でそう吐き捨てると、覚悟を決めた。

「そのため私はこれより、自衛隊法第七十六条に基づいて、陸海空自衛隊に防衛出動を命令いたします。武力攻撃事態は目下進行中であり、私の防衛出動命令に対しては、後日に衆参両議院にて、事後承認・不承認の議決をとりたく思います」

国籍不明機四百機以上の接近、古川首相による防衛出動命令、国会における事後承認を求める議決。

野党議員の誰もが耳を疑い、目を白黒させた。たしかに自衛隊法第七十六条では、国会の承認を得るいとまがなければ、内閣総理大臣は自衛隊に防衛出動を命じ、国会に対しては事後承認を求めればよい、ということになっている。だが軍事行動に対して、アレルギーを持つこの国で、それを躊躇《ためら》いなく実行するとは。

「違、違憲だ！　防衛出動は違憲です！　日本国憲法の前文には、平和的生存権が規定されている！」

防衛出動による武力の行使。その宣言の衝撃から立ちなおった、立憲労働党の女性議員が沈黙を破ると、続いて野党議員が次々とヤジを飛ばしはじめた。

「違います！」

対して、彼らのヤジを圧倒する怒声を轟かせ、猛然と立ち上がったのは、米原防衛相であった。

「日本国憲法第十三条の規定では、生命、自由及び幸福追求に対する国民の権利を、国は最大限尊重しなければならず、また二十五条では、国はすべての生活部面について、向上と増進に努めなければならない！　国に国民の生命と生活を守る義務がある、と規定している以上、日本国憲法が国民の生命と生活を守るための防衛出動を、否定しているとは思えない！」

元弁護士であり、かつ元保守派論客であった米原防衛相らしい法的解釈である。

だがしかし、もはや議場は秩序なき闘争の場になっていたため、彼女の発言は何の意味も持たなかった。

「詭弁を抜かすな！　軍国主義の復活だ、古川は恥を知れえ！」

「おい、山中ァ――じゃああんたは、国民に平和主義のために死んでくれ、とでも言うつもりか！」

古川政権に対する反戦パフォーマンスを行わなければ、次の選挙で票を集めることができない泡沫野党の議員たちが声を荒らげ、与党議員たちがそれに反駁《はんばく》する。さらに一部の野党議員はヒロイズムをこじらせたか、古川首相へ躍りかかり、周囲の与党議員に取り押さえられる醜態をみせた。

怒号、絶叫、そして殴り合い。国会議事堂周辺にも負けず劣らずの混沌と化した衆議院で、世界で最も低次元な闘争が始まった。

「魔力波に感あり。空中目標が三十以上、真西の方角。彼我距離は、約五十万歩間（約二百五十キロメートル）。目標速度は一宴間あたり約二百万歩間（時速約千キロメートル）」

「魔力波に感あり。海上目標——数は八、彼我距離は約四十万歩間（約二百キロメートル）。反射規模は、隠密性《おんみつ》を考慮していない人類軍連合艦隊の旧式艦、ビルゲブフ級巡洋艦に酷似していま
す」

「大した対空能力のない水上艦艇は無視でよい。事前の打ち合わせどおり、第一早期警戒群は、真西を飛ぶ空中機械の捕捉に集中。第二早期警戒群は、飛翔する噴進弾の捜索に集中せよ。第三早期警戒群は南北を警戒し、敵増援があればすぐに通報せよ」

大気圏外から降り注ぐ太陽光線と魔力線を浴びながら、魔王直轄軍第一航空艦隊の超音速翼竜騎兵約八百騎が往く。速度は一宴間あたり約百二十万歩間（時速約六百キロメートル）で、高度は約一万八千歩間（約九千メートル）。

第一航空艦隊が企図するところは、大規模な航空撃滅戦であった。敵航空戦力を誘い出し、空中戦によってこれを空中殲滅する。あるいは航空基地を爆撃して、駐機中の飛行機械を地上破壊することが、今回の作戦の目的である。参加兵力約八百騎は、第一航空艦隊が努力してこの日のために整えた全稼動騎であり、第一航空艦隊が保有する作戦騎全体の約半数にあたる。

この作戦計画を練るにあたって、魔王直轄軍参謀総長は当初から「第一航空艦隊全稼動騎を投入して、必ずや敵航空戦力を撃滅しなければならない」と、部下に対して主張していた。対する航空総監部の参謀たちは、「敵噴進弾対策もいまだ為《な》されておらず、敵航空基地の所在や軍備も不明であり、投機的に過ぎる」と難色を示したが、結局は「戦力を小出しにして、各個撃破の愚を犯す必要はない」「魔族攻囲軍に参加している他陣営も、早期の航空撃滅戦を望んでいる」と主張した参謀総長が、押し切る形で作戦計画は立てられ、そして発動するに至った。

(仮に第一航空艦隊全稼動騎――保有戦力の半数を失っても、飛行機械どもと刺し違える形ならそれで構わない)

参謀総長は、内心ではそう思っていた。

(第一航空艦隊を磨《す》り潰《つぶ》しても、敵航空戦力を殲滅して丸裸にしてしまえば、本国に残る第二航空艦隊、第三航空艦隊でとどめを刺せる)

第一航空艦隊の損害など、度外視して構わない――口が裂けても航空総監部の高級参謀や、第一航空艦隊司令部の将兵の前では言えないが、それが彼の正直な思いであった。

できうることならば第一航空艦隊のみならず、魔王直轄軍水上連合艦隊も攻撃に参加させたいところであったが、残念ながら主力艦艇の多くは修理と整備のために、大陸東岸の本国軍港にある。人類軍から奪取した大陸西岸の軍港には、翼竜巣艦《よくりゅうそうかん》と高速戦艦それぞれ一隻を中核とする小艦隊があるだけだった。

「航空攻撃情報。航空攻撃情報。当地域に航空攻撃の可能性があります。屋内に避難し、テレビ、ラジオをつけてください」

新大陸の西端と四百キロメートルも離れていない千葉県東部や、茨城県南東部はもちろんのこと、関東地方一円にJアラートの耳障りなサイレンが鳴り響いた。

魔王直轄軍が先制攻撃に動く一方、陸海空自衛隊もまた、飛翔する翼竜騎兵約八百騎を捕捉することに成功していた。索敵の最前線を担うのは、航空自衛隊峯岡山《みねおかやま》分屯基地の第四四警戒隊（千葉県南房総市）をはじめとする地上レーダーサイトと、太平洋側に布陣した海上自衛隊第六護衛隊のこんごう型護衛艦『きりしま』だ。さらに高空からレーダー波を発射し、より広範囲を索敵できる早期警戒機が死角をカバーする。もともと迎撃戦を得意とする航空自衛隊に、抜かりはない。

すでに第三〇一、第三〇二飛行隊のF－4EJ改戦闘機は、航空自衛隊百里基地を飛び立ち、上空にて迎撃態勢を整えていた。また前述のとおり、F－15戦闘機を擁する第六航空団と、F－2戦闘機を運用する第三航空団の一部も来援したため、関東地方上空に舞う自衛隊機は約八十機にもなった。

自衛隊側に唯一の懸念があるとすれば、異世界転移によって通信衛星を喪失していることであろう。衛星を介したデータリンクが途絶しているため、陸海空自衛隊の統合作戦能力は落ちている。それでも人工衛星の代わりをE－767早期警戒管制機が担うことで、部隊間の情報共有は行われた。

捕捉した目標の諸元は、航空自衛隊航空総隊の要撃機はもちろん、海上自衛隊護衛艦隊にも伝えられた。

イージスシステムを搭載した護衛艦『きりしま』を擁する第六護衛隊は、城塞都市と東京都心を結ぶ最短空路を塞ぐように、千葉県銚子市犬吠埼《いぬぼうさき》周辺に展開。また第一護衛隊と第一一護衛隊は、航空自衛隊百里基地を守るために鹿島灘《かしまなだ》に布陣している。この両護衛隊の配置は万が一、翼竜騎兵が自衛隊機の迎撃を潜《くぐ》り抜《ぬ》けたとき、真っ先に攻撃の標的にするのは航空基地であろう、という至極まっとうな予測によるものである。第一護衛隊と第一一護衛隊は前述のとおり、射程五十キロメートル程度の発展型シースパローや単装式SM－1スタンダードミサイルしか持たないため、積極的に防空戦へ参加させるのであれば、敵の襲撃が必至と考えられる海域に配置するほかない。

「対空戦闘用意」

護衛艦『きりしま』のCICに、艦長の命令が響いた。すでに陸海空自衛隊の最高司令官にあたる内閣総理大臣から、防衛出動命令は下っている。法的な意味で、もう躊躇《ちゅうちょ》する必要はなかった。

「スタンダードSM－2、撃ち方用意」

護衛艦のＣＩＣに詰める砲雷科員たちは淡々と攻撃準備を整えた。捕捉した相手に対する遠慮はない。視界外戦闘の恩恵か。目標はレーダースコープ上の点でしかなく、生身の存在ではない。火器管制システムを起動し、押し寄せる点を捕捉して、殺人兵器を指向することに何の躊躇いもない。

薄暗いＣＩＣでモニターをただ見つめる砲雷長は、どうも現実感に乏しい現状の最中でただ、敵の数が多すぎる、とだけ思った。イージス武器システムを以てしても、どうやら敵の数を捕捉しきれていない。つまり敵は二百騎以上いる、ということだ。

実際にミサイルを操作する砲雷科員は、表面的には冷静沈着を演じていたが、内心では腸が煮えくり返る思いをしていた。

（モンスターども、家族団らんがパァだ――その代償は死だ。死ね、畜生め）

ＣＩＣに渦巻く感情は、恐怖や嚇怒。撃つことに対する抵抗など、無きに等しかった。

砲雷科員による操作の下で、甲板に備えられたＶＬＳ（垂直発射装置）の天蓋が開き、射程約百五十キロメートルにも及ぶ艦対空誘導弾、ＳＭ－２スタンダードミサイルがその姿を現した。

「ＶＬＳ開放確認」

「ＳＭ－２発射準備完了」

「スタンダードＳＭ－２、ＶＬＳ一番から一二番まで撃ち方はじめ」

護衛艦『きりしま』が、嚆矢《こうし》を放つ。これにタイミングを合わせる形で、航空自衛隊航空総隊各機が、攻撃を開始した。

空海両自衛隊、全力攻撃。

十二個から十六個の空中目標を同時攻撃できる護衛艦『きりしま』、その艦首甲板に設けられた垂直発射装置が、火焔と白煙、そして鋼鉄の凶弾を吐き出す。さらにその上空を往く自衛隊機は、高性能国産ミサイルの九九式空対空誘導弾から、旧式のAIM－7スパローミサイルまで、携行している中距離誘導弾を撃ち放つ。

噴煙が大空を埋め尽くし、一撃必殺の鋼鉄弾が第一航空艦隊約八百騎へと襲いかかる――。


後に『犬吠埼沖航空戦（日本政府呼称）』あるいは『西方海域航空戦（魔王直轄軍側呼称）』と呼ばれることになるこの航空戦は、中距離誘導弾と【誘導魔弾】が交錯する視界外戦闘から始まった。

紺碧《こんぺき》の大空を純白の噴煙で引き裂きながら、無数の誘導弾が翔ける。陸海空自衛隊史上、類を見ない艦対空・空対空誘導弾あわせて約二百発という実弾の乱舞――その標的となった第一航空艦隊の翼竜騎兵たちは、この誘導弾の乱打に対して、有効な防御手段を持たなかった。

彼らの世界における現代空戦の攻防で用いられるのはもっぱら魔力波であり、科学文明の申し子たる陸海空自衛隊が誘導に用いるレーダー波に関して、翼竜騎兵たちは存在すら知らない。

当然ながらＥＣＭ（電子対抗手段）を持っているはずがなかった。

そのため旧式のＡＩＭ－７スパローから九九式空対空誘導弾、スタンダードミサイルまで、あらゆる種類の誘導弾が電子的妨害を受けないまま、翼竜騎兵の大編隊へと殺到する結果となった。

「二早警より急報！　噴進弾多数！」

対する魔王直轄軍第一航空艦隊は、高高度に複数騎を配置して、ミサイル攻撃への早期警戒任務にあてていた。が、いかんせん誘導弾の速度が速すぎる。誘導弾を魔力波で捕捉し、航空艦隊全騎に警告を出し――そして翼竜騎兵各騎が、音速の四倍から五倍の速度で突進してくる誘導弾に対処する時間は、ほとんどない。

「各大隊【誘導魔弾】、目標は任意の敵噴進弾と飛行機械！　発射後は回避機動に移り、その後は大隊単位で反撃を開始せよ！」

それでも第一航空艦隊の諸連隊長たちは、適切な命令を下した。次の瞬間、第一航空艦隊の前方が眩く発光し、青白い魔力の残滓をスパークさせながら、【誘導魔弾】約八百発が蒼空《そうくう》に解き放たれた。

捨て鉢の一斉射撃では決してない。先の戦闘から第一航空艦隊司令部の参謀たちは、噴進弾を回避することが困難であるならば、【誘導魔弾】で迎撃するほかない、と結論を出していた。魔力波を自律発射して獲物を追い求める【誘導魔弾】ならば、相対位置が悪くなければ、空中の噴進弾を撃破できるはず、という考えだ。

翼竜騎兵めがけて突進する誘導弾約二百発へ、殺到する【誘導魔弾】約八百発。

次々と空中で小爆発が起こり、鋼鉄と魔力の破片がばら撒かれる。破壊された誘導弾が発した火焔と、魔弾が弾ける際のスパークが眩《まぶ》しい。回避機動を取りながら、その光景を視野の隅に収めた一部の翼竜騎兵たちは、完封成功を確信した。単純な引き算だ。敵の噴進弾は全滅し、【誘導魔弾】は約六百発残って、敵飛行機械を襲うはず。

……が、翼竜騎兵たちの期待は、いともたやすく裏切られた。

実際このとき、空中で撃墜された誘導弾は三十発程度にすぎなかった。

原因はふたつある。ひとつは、真正面から迎え撃った【誘導魔弾】側からみると、誘導弾は直径約二十センチの小さい目標にしか見えないためである。お互い超音速で飛翔している身で、二十センチほどの的との衝突を狙うのは、相当難しい。もうひとつの原因は、【誘導魔弾】が、近接信管(目標が近距離に接近したら炸裂する機能)を持っていなかったことだ。このため【誘導魔弾】は直撃しなければ、目標に危害を加えられず、結果的に超音速ですれ違う誘導弾の迎撃に失敗するケースが多くなった。

「散開《ブレイク》!」

鋼鉄の凶弾と、魔力の光弾が、交錯する。

自衛隊機を駆る隊員たちは、発光物を目視すると同時に、自機を操って回避機動に移った。

と、同時に白煙を曳《ひ》く火焔と、光り輝く白銀の羽毛が、大空いっぱいにぶちまけられる。赤外線誘導をごまかす囮《フレア》と、レーダー波による追跡を妨害する金属製の囮《チャフ》だ。電波を翼竜騎兵が認知できないのと同様、自衛隊機もまた魔力波を感知できないため、【誘導魔弾】の誘導方式がわからない。そのため、自衛隊機のパイロットたちは、気休めながらフレアとチャフ双方をばら撒いて、回避運動を開始したのだった。

が、この気休めが想像以上の効果を発揮した。

魔弾に対して有効だったのは、チャフのほうであった。このレーダー波を反射する金属製の羽毛は、【誘導魔弾】の放つ誘導用魔力波を乱反射させて、彼らの仕事を妨害した。

誘導弾と【誘導魔弾】が交錯する視界外戦闘――その第一撃の勝敗は、火を見るよりも明らかであった。

レーダー波を反射するチャフが魔力波に対しても有効、という幸運に助けられた航空自衛隊の要撃機に損害はなし。

一方の魔王直轄軍第一航空艦隊は、運に恵まれなかった。

超音速飛翔する誘導弾を【誘導魔弾】で迎撃するのは困難であり、そして一度食らいつかれた誘導弾を翼竜騎兵が振り切るのもまた困難であった。

結果、発射母機が目標を捕捉し続けなければならない旧式のＡＩＭ－７スパローを除いて、ほとんどの誘導弾は翼竜騎兵に全弾命中。彼らを空中にて轢《ひ》き殺《ころ》し、亜人と翼竜の物言わぬ挽肉《ひきにく》に変えてしまった。

「二二大隊騎、点呼する！」

「シュティーナ、エイリハヤ!?　応答しろ、どこだ！」

「一二大隊騎、全騎集結——格闘戦に持ち込まなきゃやられる！」

誘導弾と翼竜騎兵が空中で爆散し、続々と血肉の花を咲かせる中——生き残った翼竜騎兵たちは、混乱の最中でも大隊単位で編隊を組みなおし、各々反撃に移りはじめた。

「一一大隊騎、小隊単位の鏃陣《ぞくじん》で超音速突撃！」

視界外戦闘では、回避困難な超音速誘導弾を有する飛行機械が優位に立つ、ということを彼らは認めざるをえない。

ならば格闘戦に持ち込むまでだ。

先の戦闘を経験した第一一翼竜騎兵大隊員の証言が、彼らの脳裏にはある。

「彼我の格闘性能はほぼ互角のように思えた。が、おそらく魔力に依存せず、純粋な科学物理で飛翔する飛行機械には、空気抵抗をはじめとする空力物理の関係から、飛翔能力に制限がかかるはずだ。その証拠に我々が遭遇した飛行機械は、低空ではおそろしいほど鈍重で、格好の標的だった。

低空の格闘性能以外にも付け入る隙は、おそらくどこかにある」

この第一一翼竜騎兵大隊員の所見が正しければ、少なくとも格闘戦ならば互角に戦えるはず。それに敵の中距離誘導弾も、敵味方が入り混じる混濁状態では撃てまい――それが彼ら翼竜騎兵たちの思考であった。

【魔力噴射】、【空力制御】、そして【時間制御】。空気抵抗を最小限にとどめ、さらに時間の流れから切り離された翼竜たちは、瞬く間に超音速へ達し、そのまま視界外戦闘の間合いから格闘戦へ移行すべく、彼我の距離を詰めはじめる。

一方の航空自衛隊各飛行隊は猛追する翼竜騎兵各隊に対し、誘導弾を撃ち放ちながら急旋回――ビーム機動、あるいはドラッグ機動で逃げに走った。

自衛隊側も先の戦闘の戦訓を活かしていた。数日前の航空戦で喪失したF－4EJ改は、防空指揮所による管制が困難な混戦の最中で撃墜されている。航空総隊司令部は各飛行隊に対して、赤外線誘導弾の短い射程や、機関砲が必要になる格闘戦の距離での交戦は避け、中距離誘導弾を使う視界外戦闘を行うように徹底させていた。また敵味方が入り混じると、誤射の可能性が跳ね上がるため、あらたに応援に駆けつけた飛行隊の中距離誘導弾による攻撃や、『きりしま』をはじめとする護衛艦の援護が封じられてしまう。

とにかく自衛隊機は、距離を意識しながら攻撃と離脱を繰り返した。

が。

「オフサイド、イーグル〇一。駄目だ、先頭集団が領空に入る――」

航空自衛隊各飛行隊は第一航空艦隊の超音速突撃をいなしつつ、誘導弾で反撃を行うも、その物量を阻止しきれない。すでに航空自衛隊側は二百発近い中距離誘導弾による出会い頭の第一撃と、その後の断続的攻撃により、第一航空艦隊稼動騎の四分の一近くを撃墜している。この被害を現代空軍に当《あ》て嵌《は》めるならば、超音速ジェット戦闘機二百機の損失――これは敗北を認め、即座に撤退を決断するレベルの損害である。

だがしかし、熾烈な絶滅戦争の最中にいる翼竜騎兵たちと、それを指揮する地上の参謀たちの倫理観は狂っている。二百騎程度の損耗では、まだ動じない。

そのため超音速の復讐鬼《ふくしゅうき》と化した第一航空艦隊は、航空自衛隊の抵抗を半ば無視するように突撃を続け――ついに領空にまで進出。領海では対空火器を有する護衛艦と、護衛艦を脅威と見做《みな》した翼竜騎兵との間で熾烈な戦闘が始まっていた。

そして中には超音速の鬼ごっこの最中で、いよいよ追い縋られ、格闘戦に引きずりこまれようとする自衛隊機が現れはじめる。格闘戦となれば、圧倒的な数を誇る翼竜騎兵側が有利。いくら技量に優れていても、格闘戦で数的優位は覆せない。このままでは航空自衛隊数個飛行隊は、瞬く間に全滅する。

地上でレーダースコープを覗く防空指揮所の隊員たちは、おそろしい予感というよりも半ば確定した未来に打ち震え——そして急報に、驚愕した。

「ＡＡＭ《空対空ミサイル》!?」

「なっ——真南の方角から新手の噴進弾多数ッ！」

最前線のパイロットと翼竜騎兵が、同時に声を上げた。蒼穹《そうきゅう》を引き裂く、白煙の乱舞。房総沖から突如として、空対空誘導弾約四十発が飛来し、伸びきった第一航空艦隊の隊列後方を急襲した。

「早期警戒騎は、なにをしていたッ！」

瞬く間に火達磨《ひだるま》と化す、翼竜騎兵数十騎。無論それは、航空艦隊全体でみれば微々たる損耗だ。が、彼らはうろたえた。

「魔力波に反応がない、嘘だろ!?」

「魔力波の反射反応なし！」

翼竜騎兵が戦う現代空戦では、絶対視される魔力波による索敵網。だが噴進弾が放たれた南の方角から、魔力波の反射は返ってこない。

「魔力波の索敵網にひっかからない飛行機械が、この空域にいる！」

「航空支配騎でも持ってやがるのか、敵は!?」

このままでは敵影も捕捉できないまま、一方的に撃たれて全滅する。最悪の可能性に一瞬背筋を凍らせた翼竜騎兵たちは、さらに早期警戒騎から警報を受け取った。

「真北の方角から新手——空中目標三十ッ！　噴進弾多数、来ます！」

音速の二倍で退避する自衛隊機。一方の翼竜騎兵は攻撃を受けた南側を注意するあまり、自衛隊機と他の方角への意識が疎《おろそ》かになっていた。そんな彼らに対して、今度は北側から約百数十発の空対空誘導弾が襲いかかった。

魔弾による迎撃態勢は整っておらず、またマッハ4で飛来した誘導弾の回避は困難。心理的にも動揺している彼らに、抗《あらが》う術はなかった。

元の世界でも多くの敵機を葬り去ってきた高性能誘導弾、ＡＩＭ－１２０——電子的防御能力のない彼らは、次々と絶命し、海面に叩きつけられていく。

「ジャパンエアフォースの諸君、こちらドラゴンファッカーズ」

そして奇襲をかけた彼らは、泥沼の航空戦が続く空域に、恐れることなくその雄姿を現した。

「ディーバックとメイサスによるアムラームと、サイドワインダーのデリバリーはいかが？」

アフターバーナーから轟々《ごうごう》と火焔を吐き、自衛隊機に食らいつく翼竜騎兵めがけて銀翼が翔ける。

そして強襲。超音速の鉄蜂《てっぽう》——空対空戦闘から対地支援までこなすマルチロール艦載機、ＦＡ－

18EFスーパーホーネットが、最新型のサイドワインダーAIM－9Xを発射し、さらに戦果を拡大した。

「ディーバック〇四、FOX2！　よう、年五十億ドルの借り[*1]を返しに来たぜ！」

最新鋭のステルス戦闘機F－35Bによる奇襲で揺さぶりをかけ、さらに多数のFA－18EFを繰り出して殴りこみをかける――異世界でも躊躇いなく、大胆な航空戦を仕掛ける勇気と能力を有する軍事組織など、ひとつしかない。転移前の世界において、名実ともに極東最強を誇る在日米軍の来援に、形勢は逆転した。


激しい空中戦が続く犬吠埼沖より、遥か東方――見渡す限り冷涼たる荒野が続く不毛の地。禿山《はげやま》の頂上で、破壊の権化が「ほう」と声を上げた。

「やはり所詮は劣等種《よくりゅう》。人類ごときの飛行機械に撃ち落とされるとは」

翼爪で器用に後頭部を掻《か》くと、彼は漆黒の装甲を纏った巨体を震わせて嘲笑《あざわら》った。笑うと同時に細長くなる黄金の瞳。そして大儀そうにその身体《からだ》を揺り起こし、長大な主翼の翼膜を展開させた。

大気圏外から降り注ぐ魔力線を吸収するのに、最適化された翼膜を広げる――これは火竜種におい

＊1　**年五十億ドルの借り**　思いやり予算

て、戦闘準備を意味する行動である。

「往くのか、黒鉄公《くろがねこう》」

それを山の麓にうずくまって見ていた存在――空色の竜鱗を纏った火竜が訊《き》くと、山頂の黒鉄公は鷹揚にうなずいた。

「応。貴様にはわからんだろうがな、あの劣等種を殺戮《さつりく》して悦に入る人類に、目に物見せてやらねばならん。劣等種ごときを殺して、調子に乗るな。大空の覇者は劣等種でも、貴様らでもなく、我々火竜なのだとな」

「……うむ、黒鉄公。その思考、私にはまったくわからん」

自身が持つ空色の竜鱗を舐め、大きくあくびをした火竜は「どうでもいいではないか」と笑った。

「人類が勝とうが、魔族が勝とうが……ましてやなぜ、世界の危機に対応すべき我ら火竜が出張らなければならんのだ。力の誇示などつまらないし、竜王陛下も手出しはせぬよう、とおっしゃっている。それよりあの飛行機械はおもしろい、魔力を使わず……」

「名誉の問題だ」

黒鉄公は空色の火竜の言葉を、最後まで聞こうとしなかった。

「鬼族の長から聞いたのだ。最近はどうも、魔族の間でも火竜を侮るものが増えてきている、とな。常に危機に対して備え、いたずらに力を費やすな、という陛下のお考えは理解しているが……

火竜が軽侮されているこの現状はよろしくない」

黒鉄公は鼻を鳴らすと、次の瞬間には地を蹴って空へ進みだしている。そして膨大な量の魔力を一挙に噴射して大推力を得ると、瞬く間に高高度へと達した。

「悪鬼王に乗せられたか」

空色の火竜はため息をついた。いまは知性なき鬼族の姿に身をやつしている彼のことを、空色の火竜はよく知っていた。おそらく悪鬼王は、魔王直轄軍の航空戦力では異世界から現れた飛行機械に勝てない、とみたのだろう。だから竜王軍軌道爆撃竜団の中でも、最も好戦的な部類に入る黒鉄公に接触して、彼を動かしたに違いない。

「さて」

世界の危機に対抗すべく生み出された火竜種は、単独でも人類軍はもちろんのこと、魔族攻囲軍を撃破できる。通常兵器による反撃を許さない軌道爆撃を得手とする火竜は、一方的かつ永続的に相手を攻撃できる。

だがしかし、いま現れたあらたな人類は、純粋な航空工学を以て、鋼鉄の塊を超音速飛翔させるだけの科学技術力を持っている。どうして低軌道を往く火竜に手が届かない、と言えるだろうか。

「科学を極めた異世界人類と、魔導を極めた火竜。どちらが勝つのやら」

空色の竜鱗を持つ火竜――興奇公《きょうきこう》は、愉快そうに喉を鳴らした。

犬吠埼沖航空戦において、魔王直轄軍第一航空艦隊の攻撃が集中したのは、超音速ジェット戦闘機に比較すれば、ひどく緩慢にしか身動きがとれない海上自衛隊の護衛艦に対してであった。

「第二波――！」

旧式の護衛艦『やまぎり』の左舷側に、十数発の【誘導魔弾】が突き刺さった。

瞬間、白光が閃き、火花が散る。そして轟《ごう》、と衝撃波が広がり、鋼鉄の巨体が揺らいだ。現代の護衛艦に装甲はない。艦体後部にあるヘリ甲板はすでに左半分がめちゃくちゃに破壊されており、左舷側は数十センチの破孔部が無数に生まれていた。

だがしかし、『やまぎり』は何事もなかったかのように、艦首甲板に備えられた七十六ミリ速射砲を旋回させ、左舷側へ亜音速で突進してくる翼竜騎兵へと指向した。

「主砲、撃ちぃ――方、はじめ！」

一分間あたり百二十発発射可能という優れた連射速度を誇る主砲が、命知らずの翼竜騎兵たちを迎え撃った。

レーダーと連動した、正確無比の連続射撃。

瞬く間に翼竜騎兵の行く手で対空榴弾《りゅうだん》が炸裂し、空中に濃密な防御スクリーンが展開される。

そしてその弾幕の最中へ突入した生身の翼竜と亜人たちは、一瞬で無数の鉄片が突き刺さった肉塊と化した。

「くそったれ、二三大隊騎全滅を認む！」

「後送、人類軍は艦対空噴進弾、および対空戦闘用艦砲を有する鋼鉄艦艇を多数配備！」

「二二大隊騎ッ——第一中隊は低高度侵入攻撃、第二、第三中隊は高高度急降下爆撃！」

だが撃退した傍から、新手の第二二翼竜騎兵大隊二十一騎が現れる。

大陸の覇権を巡って人類軍と鎬《しのぎ》を削ってきた魔王直轄軍航空艦隊は、近接航空支援と航空優勢確保のための航空戦を得意とするが、その一方で洋上攻撃は苦手としていた。洋上での空対艦攻撃を専門とするのは、魔王直轄軍水上連合艦隊の艦載騎たちである。魔王直轄軍の翼竜騎兵たちはどうしても、長射程かつ高命中率の【誘導魔弾】で攻撃をしたがる。だがしかし、速度性能と誘導性能が優先され、威力は二の次になっている【誘導魔弾】では、内部をいくつもの隔壁で仕切られた軍艦構造の護衛艦に、致命傷を与えることはできない。

それを理解した翼竜騎兵たちは、近距離まで近づいて【焼夷】の魔術を浴びせるか、無誘導だが威力の高い魔弾を食らわせるべく、『やまぎり』をはじめとする護衛艦へ、続々肉薄を試みていた。

対する『やまぎり』やその他の護衛艦は、たった一門の七十六ミリ速射砲と、二基の高性能二十ミリ機関砲で迎え撃つ。艦対空誘導弾は、すでに撃ち切っていた。例えば『やまぎり』——あさぎり型護衛艦は、艦対空誘導弾シースパローを備えているが、発射機ランチャーに装塡されているのは僅か八発にすぎない。戦闘中に再装塡などできない以上、あとは速射砲と機関砲が対空手段だった。

『やまぎり』は低空接近する翼竜騎兵へ、そしてお互いを援護する僚艦の『ゆうぎり』は、高空を往く翼竜騎兵へと七十六ミリ速射砲を指向し、膨大な数の戦傷者を量産していく。

「駄目だ、戦術を変えろ！　奴《やつ》らの対空射撃は正確だ、離れた位置から【誘導魔弾】で戦力を削いだほうがいい！」

第一一護衛隊『やまぎり』、『ゆうぎり』の対空射撃に恐れをなしたか、翼竜騎兵大隊はそれぞれ戦術を変更した。距離を置いて、アウトレンジから【誘導魔弾】で連続攻撃を仕掛け、対空砲をはじめとする艦上構造物をあらかた破壊してから、接近してとどめを刺すつもりである。

「ＳＭ－２スタンダード、これで終いです！」

同じころ、こんごう型護衛艦『きりしま』のＣＩＣでも、長距離艦対空誘導弾が弾切れとなった旨が報告されていた。海上自衛隊の第一・六・一一護衛隊から成る連合艦隊の対空攻撃力が失われるのは、おそろしく早かった。これは彼らの備えが不十分だったからではなく、現代戦を想定した護衛艦が搭載している艦対空誘導弾の数では、総力戦体制の絶滅戦争に対応した、大物量の第一航空艦隊に対応しきれないからだった。

前述のとおり、あさぎり型護衛艦『やまぎり』『ゆうぎり』が有する艦対空誘導弾は、シースパローが八発のみ。

第一護衛隊や第六護衛隊の各艦が備える艦対空誘導弾は、概ね四十発程度。

イージスシステムを搭載したこんごう型護衛艦『きりしま』は、対航空機用のスタンダードミサイルを格納できる垂直発射装置を九十セル備えている。だがしかし、現実には対潜ミサイルや弾道ミサイル迎撃用のスタンダードミサイルをも格納する関係から、実際には対航空機用誘導弾に九十セルも割けないのが現実だ。

艦対空誘導弾を撃ち終えた後は、もちろん七十六ミリ速射砲や百二十七ミリ速射砲、高性能二十ミリ機関砲で対処するほかないが、そういった対空火器もすぐに再装塡に追われ、あるいは弾切れとなった。

例えば六砲身を束ねた銃身に、レーダーレドームを載せた外観を持つ高性能二十ミリ機関砲は、一分間に三千発を発射する連射性能を誇る。が、その実、弾倉に装塡される弾数は約千発しかないため、合計約二十秒程度の射撃時間で再装塡が必要になってしまう。

緒戦から矢面に立っていた第一護衛隊の『やまぎり』『ゆうぎり』コンビは、早々に残弾量が底をつき、逃げ回ることしかできなくなった。『やまぎり』の被害状況は、前述のとおりだ。僚艦の『ゆうぎり』は、中程から吹き飛ばされた後部マスト、後部煙突に残る無数の弾痕が見ていて痛々しい。左舷の艦対艦誘導弾ハープーンの発射機もまた、直撃弾を受けて大破していたが、誘爆することなく済んでいるのが幸運だった。

が、継戦能力がなくなったのは、魔王直轄軍第一航空艦隊も同様であった。

「各騎、残念ながらここまでだ！」

鳥葬のごとく、満身創痍《そうい》の『やまぎり』『ゆうぎり』へ攻撃を仕掛けようとしていた翼竜騎兵たちは、突如として針路を東の空へ変更した。

彼らが運用できる魔力量は有限だ。航空自衛隊の超音速ジェット戦闘機と同様に、超音速飛翔ができるのは、ごく僅かな時間でしかない。また【誘導魔弾】をはじめとする魔力を用いた攻撃も、数回が限度である。

【誘導魔弾】の乱打を浴びた護衛艦は、翼竜騎兵撤退の瞬間をみな無事に海上で迎えることができた。

だが彼ら護衛艦の乗員たちに、安堵《あんど》感を覚える暇はなかった。攻撃が集中した第一一護衛隊『やまぎり』『ゆうぎり』では、両艦合わせて二十名近い重傷者が出ている。彼らの救護や艦体への応急処置等、やることはいくらでもあった。

対艦攻撃を試みていた翼竜騎兵のみならず、犬吠埼東方沖全域で攻撃失敗を認めた第一航空艦隊全騎が、東方へ超音速で戦域を離脱していく。

対する航空自衛隊機、在日米軍機にこれを追撃する余力はない。アフターバーナーを用いた急加速による回避を繰り返した両機に残っている燃料は、ごく僅かしかなかった。また空対空誘導弾も、ほとんど撃ち尽くしてしまっている。

もちろん自衛隊側からすれば、ミサイルを撃ち尽くしただけの戦果はあった。魔王直轄軍第一航空艦隊の損害は、約五百騎にも達している――これは熾烈な絶滅戦争に身を置いてきた彼らからしても、到底許容できる被害ではない。いくら国力ある魔王直轄軍と言っても、五百騎の超音速翼竜騎兵をあらたに養成するのには、最低でも一年はかかる。あらたな翼竜騎兵の養成に必要な期間も費用もさることながら、健康な翼竜を送り出してくれる翼竜の部族との関係にも気を遣わなければならないのが、航空総監部の悩みの種であった。

一方、陸海空自衛隊・在日米軍側の被害は、軽微にとどまった。

航空自衛隊第三〇三飛行隊のF‐15Jが一機、第三〇二飛行隊のF‐4EJ改が三機。米海軍第一〇二戦闘攻撃飛行隊のFA‐18Fが一機、被撃墜の憂き目に遭ったものの、パイロットはみな緊急脱出に成功している。

「ジャパンエアフォース、ドラゴンファッカーズ。これで竜退治は終いか？」

「こちらディーバック〇一。サイドワインダーXサイズのデリバリーは一発四十万ドルだ、あとで横田基地（※航空自衛隊航空総隊司令部）に請求しておく。それとも霞《かすみ》が関《せき》がいいか？」

翼竜騎兵の本土爆撃を阻止できたこと、そして自分自身が生存していることに安堵する自衛官と米国軍人たち。

米海軍第一〇二戦闘攻撃飛行隊ダイアモンドバックス、第二七戦闘攻撃飛行隊ロイヤルメサイスのＦＡ－18ＥＦは機首を巡らせて、厚木海軍飛行場（神奈川県綾瀬市《かながわけんあやせし》）へ帰投。自衛隊機もまた、緊急脱出したパイロットを救助する百里救難機の護衛機を除いては、みなそれぞれの基地へ戻っていく。

……が、戦いはまだ終わっていなかった。

「航空総隊司令部より――航空自衛隊大湊《おおみなと》分屯基地のガメラレーダーが、東方大陸より発射される弾道弾を捕捉！」

「弾道弾……⁉」

「目標一、高度百キロメートル、中間段階《ミッドコースフェイズ》へ移行」

「破壊措置命令に基づく、ＳＭ－３による迎撃命令が下りています」

弾道弾、ミッドコースフェイズ、迎撃命令――こんごう型護衛艦『きりしま』のＣＩＣが騒然となる。

未知の東方大陸だが、正統王国関係者の話では、ほぼ全域が魔族の支配領域となっているという。つまり東方大陸から発射された飛翔体となれば、それは当然ながら魔族の攻撃に相違あるまい。放っておけば、日本列島への落下コースを取るだろう。

「システムをＢＭＤ（弾道ミサイル防衛）モードに移行。ＢＭＤ戦用意！」

「ＳＰＹ－１でも目標を捕捉しました。目標高度は百五十キロメートル、中間段階」

「ＶＬＳ八九番、九〇番開放。ＳＭ－３発射用意」

「ＶＬＳ開放確認、ＳＭ－３発射準備完了」

北朝鮮の度重なる挑発行動のために、陸海空自衛隊には常に弾道弾に対する破壊措置命令が下されている。これは異世界転移の後も解除されていないため、ここで東方大陸から発射された弾道弾と思《おぼ》しき飛翔体を迎撃しても、法的な問題はない。

大気圏外まで打ち上げられた弾道弾は、音速の十倍、二十倍の速度で地上の目標へ急接近する。航空機を対象とした対空火器では撃墜できるものではなく、ＢＭＤ能力を備えた護衛艦や、ＢＭＤに対応した地上配備型の地対空誘導弾でなければ、迎撃は不可能である。

そしていま、ＢＭＤ能力を有するのは、このこんごう型護衛艦『きりしま』だけだった。

……あれこれ考えている暇や、時間的余裕はない。

「目標、射程に入りました。リコメンドファイア」

こんごう型護衛艦『きりしま』は、対弾道ミサイル用艦対空誘導弾ＳＭ－３二発の発射準備を整えた。

超常的飛翔能力を持つ火竜の黒鉄公は、眼下に青い星を見ている。

空気抵抗もない高度約三十万歩間（百五十キロメートル）を往く黒鉄公は、降り注ぐ魔力線を巨大な翼膜で補給しながら、音速の十倍近い速度で、この世界にあらたに生まれた島へ向かっていた。

ぽっと現れたばかりの右も左も知らない連中に、この世界の覇者が誰か、身を以て教えてやろう――そんな顕示欲を満たしたいという幼稚な理由で、黒鉄公はいま日本列島へと軌道爆撃を仕掛けようとしていた。

下界の愚か者どもには、二十万歩間（約百キロメートル）以上に到達する飛行能力はない。優越感に浸りながら、ただただ破壊と混沌をもたらすべく推進する黒鉄公は――次の瞬間、驚愕した。

（馬鹿な――）

黒鉄公を、極超音速の鉄槍《てっそう》が直撃した。

慢心していた黒鉄公は下界に対する索敵網を敷かず、また自身が纏う黒鉄の竜鱗には何ら魔術的防御措置を施していなかった。そのため四段ロケットブースターで極超音速まで加速した鋼鉄の槍に対して、彼はほとんど無抵抗であった。

大気が希薄となる高度約百五十キロメートルでは、爆風も爆発も最小限にしか起こらない。運動エネルギーによって敵弾頭を破壊することを目的に設計された鋼鉄の槍、ＳＭ－３は黒鉄公の腹部竜鱗を完全貫徹。その後ＳＭ－３の弾頭は体内をめちゃくちゃに破壊しながら、背中側の竜鱗装甲から貫《ぬ》けた。

背中から飛び出した鋼鉄の鏃は、低軌道空間に血肉と竜鱗の欠片《かけら》を撒き散らす。

血中魔力を使うことで傷自体は瞬く間に塞がったが、被弾の衝撃にふらめいた黒鉄公は、本来の軌道から外れて徐々に高度を落としていく。

「こんな玩具で、地表を這《は》いつくばる猿がこの俺に楯突《たてつ》くかァ！」

嚇怒の絶叫を放ちながら、早すぎる弾道落下を始めた黒鉄公へ、『きりしま』が放ったＳＭ－３の第二弾が直撃した。

もぎ取られるように破壊される、左翼の翼膜。

これにより黒鉄公はその飛翔能力を大きく減ずることになり、いよいよ着地先を求めて落下を続けることになる。

もはや自尊心を傷つけられた彼に、正気は残っていない。あるのはただただ、復讐心のみ。彼は極限まで強化された視力を用いて、眼下の列島で最も人口密度の高い場所を捜索しはじめた。

「二弾目、マークインターセプト。直撃です」

「目標消失せず、終末段階《ターミナルフェイズ》に入ります」

「敵弾頭の無力化ができたのか、それとも目標は直撃弾を浴びても、無傷なほど頑丈なのか……」

「このままの軌道では、東京都心に落着すると思われます」

発射した二発のＳＭ－３がたしかに直撃したにもかかわらず、軌道を変えながら降下しはじめた弾頭――黒鉄公に対して、『きりしま』のＣＩＣクルーができることはもうなかった。急速落下する終末段階の目標を迎撃できるのは、都内の要所に展開する地対空誘導弾ＰＡＣ－３と、着弾点に近い横須賀の米イージス艦くらいだろうか。

『きりしま』の自衛隊員たちは、ただただ航空自衛隊のＰＡＣ－３が迎撃に成功することを祈るしかなかった。


「ミサイル発射情報、ミサイル発射情報。当地域に着弾する可能性があります。屋内に避難し、テレビ・ラジオをつけてください」

『きりしま』のいる犬吠埼沖から離れた東京都心では、Ｊアラートが耳障りなサイレンとともに、弾道弾が飛来する可能性を都民に知らせていた。

「これは誤報や訓練ではありません、はやく建物の中に逃げて！」

警察官や消防士たちの指示を待たず、東京都民たちは航空攻撃情報が出た時点で、すみやかに頑丈夫なビルの地階や、地下鉄構内へ避難していた。

だがしかし、頑として避難しない人々もいた。

「これは古川内閣の陰謀だ！」

「そうだ、我々を解散させるためにJアラートを利用しているとしか思えない！」

「その証拠に、航空攻撃もなにもなかったじゃないか！」

国会議事堂前に集ったままのデモ隊数万名の大半は、そもそもJアラートや機動隊員の避難指示が聞こえなかった。さらにJアラートによる警報や、警察官に避難を直接指示された者たちは、一部の悪質な扇動者によって「避難するな」と引き留められていた。

「やばくないですか、あれ」

それを少し離れたところから見ていたのは、東京都心の防衛を担う陸上自衛隊第一師団隷下の第一高射特科大隊（静岡県御殿場市）の隊員たちだった。第一高射特科大隊の運用する装備は、射程距離が十キロメートルほどの短距離地対空誘導弾だ。関東圏全体の防空を担えるほどの射程はないが、それでも自衛隊機の要撃を潜り抜けた敵機や、迎撃を受けて落ちてくる弾道弾の破片から、要所要所を守ることはできる。

「馬鹿野郎、集中しろ。海自のスタンダード、空自のパトリオットをすり抜けるとは思えないが、破片が落ちてくるかもしれん」

「了解《りよ》」

第一高射特科大隊の車載ＳＡＭは、みな一様に高空を睨んでいる。

「目標、終末段階《ターミナルフェイズ》！」

「ＪＭＳＤＦ《海上自衛隊》は迎撃に失敗したか⁉　ＢＭＤ戦、ＡＢＭスタンダードＳＭ－３！」

「アイサーッ！」

「ファック――衛星が生きていればッ！　情報共有が遅い！」

横須賀基地に待機していた米海軍第七艦隊所属、駆逐艦『カーティス・ウィルバー』のＣＩＣは、焦燥と悔恨に満ちた呻《うめ》き声が響いていた。

このとき東京湾には、弾道ミサイル防衛に対応した米艦艇が複数隻存在していた。だが、偵察衛星からの情報が得られず、衛星を介した日米間データリンクが使えない影響もあり、黒鉄公の捕捉が遅れていた。そして横須賀基地は、着弾予想地点に近い。いよいよ超高速で落下してくる終末段階の目標迎撃は、時間との厳しい勝負になる。

アーレイ・バーク級ミサイル駆逐艦『カーティス・ウィルバー』、それに続いて同級駆逐艦『ベンフォールド』のＶＬＳが開放され、スタンダードミサイルの発射準備が整った。それと同時に両艦長は、即座に発射命令を下した。

が、遅い。すでにその瞬間には、黒鉄公は東京都心の空に姿を現していた。

一方で、防衛省市ヶ谷地区（東京都新宿区）に配備されている航空自衛隊第一高射隊のＰＡＣ－３は、黒鉄公の迎撃に成功した――が、やはり超常的生命力を持つ火竜を殺すには至らなかった。

「この俺をッ、地に墜とすとは！」

スタンダードミサイルとパトリオットミサイルの直撃弾を、それぞれ二発ずつ浴びた黒鉄公に、もう飛翔能力はない。拉《ひしゃ》げ、剝がれ、焼け焦げた漆黒の竜鱗を纏った彼は急降下――というよりは制御不能の自由落下を続けて、そして地表へと叩きつけられる。

阿鼻叫喚《あびきょうかん》の地獄が現出した。

マッハ10という極超音速で地表に激突した黒鉄公は、複数回バウンドし、舗装路上を無様に転がってから停止したために、その場に居合わせた五千名以上の人々が轢殺《れきさつ》された。

と、同時に粉々となった舗装路の破片とごちゃ混ぜになるペースト状の人肉が爆風とともに、周辺に居合わせた万単位の人々へと襲いかかり、軽傷者、重傷者、死者を大量製造。

抗議の声という声が、悲鳴という悲鳴に変わる。

「貴様ら下等生物どもは、万死に値するッ！」

平和憲法による世界平和の実現を、と大書されたチラシの山を踏みつけながら、鋼鉄の竜鱗を纏った怪物は、鎌首をもたげて咆哮《ほうこう》する。

彼の嚇怒の声が響くのは、東京都千代田区永田町——三宅坂《みやけざか》交差点。

「いや、死すら手緩《てぬる》い」

魔力噴射で浮き上がり、ホバリングした黒鉄公は高架の首都高にその身を移し、国会議事堂前の逃げ惑う市民たちを睥睨《へいげい》する。そして彼は、破滅をもたらす顎《あぎと》を開いた。

「肉の一片すら残さんぞ」

体内で発生した猛烈な魔力分裂は、瞬く間に爆発的な熱エネルギーを生成。

そして恒星の表面温度と同等か、それ以上の極超高温の熱線を解き放ち——憲政記念館前交差点から国会正門前交差点、国会前交差点の一帯を、逃げ惑う一万の市民と事態を把握できないまま警備を続ける機動隊員ごと焼き払った。

さらに吐き出された膨大な熱エネルギーは、外務省庁舎を呑《の》み込《こ》んだ。逃げ遅れた官僚とともに庁舎を蒸発させた後、熱線は霞が関二丁目交差点を通過して、経済産業省庁舎を直撃。熱波を周囲に撒き散らし、文化庁、日本郵運株式会社本社ビル、林野庁、この一帯の有機物を燃焼させた。

宣言どおり。

国会正門前交差点や、国会前交差点に居合わせた哀れなデモ隊と機動隊員たちは、肉から骨まで一片残さず蒸発。機動隊車輛は爆発炎上と同時に溶解して、ただの金属塊と化した。漂うのは焼け焦げる肉の臭い。熱線の直撃こそ受けなかったものの、膨大な熱エネルギーの余波を受けた人々が上げる、苦悶《くもん》と悲鳴の声が周囲に木霊する。

「脆弱《ぜいじゃく》に過ぎる――脆弱に過ぎるぞ、異世界人類ッ！」

哄笑《こうしょう》する黒鉄公。

それに対して人々は、言論の力が何ら通用しない圧倒的な純粋暴力を前に逃げ惑うしかなかった。

「至急、至急！　自邏《じら》二二三（自動車警邏隊二二三号）より本部――国会前交差点にドラゴンが落着！　議事堂前のデモ隊に対して、レーザーのようなものを発射。焼死者多数！　また警備中の一機（第一機動隊）は全滅！　爾後《じご》の指示を乞う！」

「熱線は外務省庁舎を破壊し、経産省庁舎、続けて日本郵運株式会社本社ビル、および同心生命霞が関ビルを直撃した模様！　周辺では火災発生、霞が関二丁目三丁目、西新橋は火の海……は？　なに、同心生命霞が関ビルが倒壊!?」

「ドラゴンは首都高より飛翔、中央合同庁舎二号館屋上のヘリポートへ移動！」

慌てふためく下界。それを超然と見下すように、【魔力噴射】で浮遊した黒鉄公は、総務省や警察庁が入る高層ビル――中央合同庁舎二号館の屋上ヘリポートに降り立った。

「人類の分際で、大層な代物を作る」

次の瞬間には、黒鉄公の降り立った中央合同庁舎二号館の向かい――東京高等裁判所と公正取引委員会が、熱線の直撃を受け倒壊。さらに第三射の標的となった厚生労働省庁舎は、緩慢な速度で後背へと倒壊し、日比谷公園大音楽堂《ひびやこうえん》を押し潰した。

「貴様らには掘っ立て小屋がお似合いだ」

嘲笑する黒鉄公の眼下に広がるのは、煉獄《れんごく》であった。

熱線が通過した跡には、ほとんどなにも残っていない。

なにも理解できないまま、熱線の直撃を受けて蒸発した人間はむしろ幸運だっただろう。

強風が吹くと炭化した焼死体がぼろぼろに崩れ、灰となって巻き上がる。熱波を浴びた人々は、重度の火傷《やけど》を負い、芋虫のように転がって呻き声を上げ――上げながら死んでいく。自身の服や体に火焔を纏った人々が、半狂乱になって暴れまわり、のた打ち回り、助けを求めて本能のままに歩き回り、斃《たお》れていく。

「力を持たないことを呪いながら死んでいけ」

黒鉄公は虚空に魔力を掻き集め、魔術を編みはじめる。

集積される魔力。黒鉄公の頭上に出現した魔力塊は燃焼を始め、徐々に紅蓮《ぐれん》、橙、青炎、そして眩い白光へと色調を変えた。

黒鉄公の頭上に現れたのは、まるで第二の太陽――それはあながち比喩でもない。いまや彼の頭上に輝いているのは、内部で魔力分裂を重ねた末に、凄《すさ》まじい熱量を内包した魔力塊であった。

「これがこの地表の覇者たる、火竜の力だ。せいぜいこの竜鱗を傷つけたことを悔やむがいい」

炸裂すれば最後、広島型原爆（ＴＮＴ換算十五キロトン）の二倍近い熱エネルギーが、あたり一帯に放出されたであろう。

その暴虐が解き放たれる直前――黒鉄公は、魔力塊を霧散させた。

「燃焼エネルギーで飛ばすそんな玩具で、俺を殺せると思うてか⁉」

地上を見渡せる超高層へリポート。そこに居座る黒鉄公めがけて、地対空誘導弾が殺到した。それも一発や二発という数ではない――消滅した外務省庁舎跡を飛び越え、南西の内閣府方面から飛来した誘導弾が八発。北東の皇居前広場方面から飛来する誘導弾が八発。そして南東からは、倒壊した東京高等裁判所と東京家庭裁判所本庁の直上を掠めるように、八発の誘導弾が飛来する。

「クソトカゲ、舐めてんじゃねーぞ」

計二十四発の地対空誘導弾の連続攻撃。これは第一高射特科大隊による、タイミングを合わせた渾身《こんしん》の一斉射撃であった。彼らに躊躇も、恐怖もなかった――いまここで戦えるのは自分たちしかいない、という責任感が第一高射特科大隊の隊員に攻撃を決断させた。

「【速成防壁】」

が、黒鉄公は慌てることもなく、頭上に集めていた魔力塊を素早く流用し、自身の全周に魔力で編んだ防御スクリーンを作り上げる。

三方向から殺到した超音速の地対空誘導弾が、次々と魔力で構成された防壁に激突する。

飛来した一発目から三発目までの誘導弾は、防壁の表面にぶちあたって炸裂。完全に防がれた。が、四発目の直撃弾で不可視の防壁に白色の亀裂《クラック》が走り、五、六発目の誘導弾がその身を犠牲にして、防壁をぶち破り――そして七発目、八発目は完全に防壁を貫徹した。一発は分厚い装甲板に防護された腹へ、もう一発は巨体を支える右膝へ。

地上最強の存在が、たたらを踏んだ。その次の瞬間には、三方向から残り十六発の誘導弾が、黒鉄公に襲いかかっていた。

「命中弾多数――」

十発以上の誘導弾を浴びた黒鉄公の姿は、まさに満身創痍であった。火焔と黒煙の最中に立つ彼の竜鱗の合間からは、夥《おびただ》しい量の鮮血が流れ出ていた。黒鉄の名にふさわしい、漆黒の生体装甲は捻じ曲がり、抉《えぐ》れ、あるいは穿孔されて砕け散っている。

第一高射特科大隊が運用する車載ＳＡＭは、本を正せば個人が携行できるサイズの誘導弾でしかない。だがそれでも、その衝突速度は音速の二倍になる。直撃を受けて、無事でいられる生物など、存在するはずがなかった。

流れ弾の直撃を受けたヘリポートが、ぐらりと揺らぎ、そして崩壊する。

同時に黒鉄公も、中央合同庁舎二号館屋上から身を投げた。高所の不利を悟ったがゆえの行動。

それと同時に彼は、複数の魔弾を虚空に完成させていた。

「地上最強の存在として、生み出された俺が、負けるかよ——」

青白い燐光《りんこう》を放ちながら空翔けた魔弾は三方向にわかれると、誘導弾が飛来した軌道をそのままトレースし、車載式の九三式近距離地対空誘導弾八基を直撃した。誘導弾を搭載する車輛は、和製ハマーと称される非装甲の高機動車だ。瞬く間に大破炎上し、車体の一部が空へ跳ね上がる。

くそったれ、と射手の隊員が悪態をついた。車載されている誘導弾は遠隔操作で稼動するため、人的被害はなかったが、これで現位置の黒鉄公に対する攻撃手段は失われてしまった。第一高射特科大隊の対空車輛は、都心の複数箇所に分散配置されているため、決して全滅したわけではない。だがこの高層建築物が林立する都心という戦域では、射線が通る射撃位置を探すのと、そこまで移動するのに時間がかかる。

一方、中央合同庁舎二号館屋上から飛び降りた黒鉄公は、右翼と翼膜の破れた左翼を全開にして滑空を試みた。が、空中でバランスを崩して、文部科学省の入っている中央合同庁舎七号館に激突。下界に庁舎外壁の破片をばら撒き、ふらつきながらゆるやかに降下していく彼は、密集する雑居ビルを押し潰すと、メガバンク虎ノ門支店の一階玄関に頭を突っ込んで停止した。

もはや悪態をつく余力さえない。黒鉄公は緩慢な動きで、片側二車線の車道にその身を起こし——再び暴虐を解き放つべく、体内で魔力分裂を開始し、膨大な熱エネルギーを捻出しようとする。

が、大気圏外から降り注ぐ魔力を吸収する翼膜の破損と、出血による血中魔力の流出により、その暴威が顕現するのには普段よりも時間がかかった。

そして、遅すぎた。

「HQ。オメガ〇一。目標捕捉」

東京都心の空に、陸上自衛隊が誇る破壊の権化が現れた。

二十ミリガトリング砲とTOW対戦車ミサイルを引っ提げた、対戦車ヘリコプター――独特なスリム形状を有するAH－1コブラの群れ。西新橋一丁目方面と特許庁方面、東西から黒鉄公を挟撃する構えで展開した、彼ら陸上自衛隊第四対戦車ヘリコプター隊は、黒鉄公を照準に収めた。

爆音を轟かせて現れた狩猟者たちの存在に、黒鉄公が気づかないわけがない。彼は煤《すす》と鮮血に塗れた全身を震わせ、最後の足掻きをしてみせようとする――だが半死半生のその身では反撃はおろか、回避すらままならなかった。

そして。

交戦による被害の拡大や誤射の可能性を無視してでも、黒鉄公撃破を優先した第四対戦車ヘリコプター隊が、TOW対戦車ミサイルを一斉に解き放つ。

次の瞬間、名実ともに最強の生命体が、ただの肉塊となって飛散した。対戦車ミサイルの直撃を受けて粉砕された漆黒の竜鱗が血肉とともに舞い上がり、周辺の建物や舗装路に落下して突き刺さる。また誘導弾のうちの一発は左眼球を破断し、眼窩《がんか》内で炸裂。黒鉄公の左顔面の大部分が吹き飛ばされ、脳漿《のうしょう》と血液の塊が噴水のように撒き散らされた。

最後の恨み言を口にする間もない。

鋼鉄の竜鱗を全身に纏った怪物は、ついに見るも無残な死骸となって斃れ伏した。

犬吠埼沖航空戦と国会議事堂前の戦闘が、陸海空自衛隊の勝利で終わった数時間後。自衛隊法施行以来、初となる防衛出動と武力行使、そして陸海空自衛隊の防空網を突破した黒鉄公による大虐殺に世論は沸騰し、国内は混乱状態に陥った。

鋼鉄の竜鱗を纏った火竜の暴虐を捉えた動画、ちぎれた指や足先が転がる現地の写真、無責任な意見と荒唐無稽な噂《うわさ》――そうした情報が、まずインターネット上に氾濫した。自衛隊を応援する書き込み、古川内閣による防衛出動の決断を賞賛する声、ＳＭ－３スタンダードミサイルの直撃を受けても死に至らなかった火竜《ドラゴン》の生命力や、彼がもたらした被害の規模への驚き。

そして国会議事堂前のデモ隊が一掃されてせいせいした、という不謹慎極まる感想から、日本政府は戦時体制を強化するために、わざと火竜の迎撃に手を抜き、被害者を増大させて戦争熱を煽《あお》っている、という陰謀論までがネット上に出現。

そうして顔が見えないユーザー同士の論争が、あちこちで始まった。

日本国民の注目が集まったのは、知人や見知らぬ人と自由な意見交換ができるインターネット上だけではない。

久方ぶりにテレビ番組が、異様なまでの視聴率を獲得した。

「精強なる陸海空自衛隊の方々、平和と自由のために勤勉であり続ける日本国民の皆様——我が正統王国民八百万余の仇《かたき》を討っていただいたことに、この正統王女ヴィルガイナは心より感謝を申し上げます」

生放送される夕方の情報番組。そこに出演しているのは、見慣れたアナウンサーとコメンテーターだけではなかった。

「我々正統国民は貴国の科学技術、そして優れた科学技術の維持発展に努めてきた日本国民の姿勢に、ただただ感嘆しております」

同じ三次元の人間とは思えない美貌を誇る正統王女が、堂々とカメラの前で陸海空自衛隊と日本国民に対する感謝を述べる。ただそれだけで、夕方の情報番組の視聴率は鰻上《うなぎのぼ》りであった。

「暴虐を退ける日章旗——異世界人類の友誼に我々正統国民は感激し、必ずや此度の戦禍から立ちなおり、貴国に肩を並べる復興を成し遂げることを決意いたしました」

正統王女の言葉はとにかく、日本国、自衛隊、日本国民を誉《ほ》め称《たた》えることに終始する。自国のことを誉められて嫌な思いをする人間はほとんどいない。これは近ごろ外国人が日本文化に対して大げさに驚いてみせたり、賞賛したりするテレビ番組が濫造されていることからも明らかであろう。(第二次世界大戦以来、周辺諸国からの非難に晒され、賠償と謝罪を求められてきた彼らには自国に対する肯定感が薄い。そこをくすぐってやれば、すぐに落ちる)

当然ながら正統王女は、召喚前に手に入れた情報から日本国民の性質に独自分析を加え、このメディア戦術を展開している。彼女の日本国民に対する考察が正しいか、誤っているかはともかく……日本のことを誉め称え、感謝の言葉を口にする正統王女を疎ましく思う日本国民などいるはずがなかった。

黒鉄公襲来の翌日には、大手新聞社やテレビ局はこぞって犬吠埼沖航空戦と、東京都心の戦闘を取り上げた。

日本列島に拠《よ》って立つ人類陣営と、魔族陣営の間に生起した犬吠埼沖航空戦は、純軍事的に見れば人類陣営の勝利といえた。人類戦力の損害は航空機数機の喪失と、旧式護衛艦二隻が中破した程度。片や魔族陣営は超音速翼竜騎兵約五百騎をタダ同然に損耗し、思慮が浅いとはいえ地上最強の存在を担う火竜、黒鉄公を失っている。

だがしかし、戦略的・戦術的思考もなく、ただ人口密集地を狙うという愚行に走った黒鉄公による東京都心襲撃がもたらした被害規模は、日本政府から純軍事的成功の喜びを吹き飛ばした。

黒鉄公襲撃による死者・行方不明者は二万九百三名、重軽傷者は九千六百七十三名。東日本大震災の死者・行方不明者が約一万八千名程度であることを考えると、黒鉄公による被害は激甚災害に相当することがわかる。

酸鼻極まる人的被害。が、それよりも日本政府の頭を悩ませることになったのは、黒鉄公が官庁街を戦場としたことであった。結果、外務省、経済産業省、厚生労働省といった名だたる省庁が文字どおり消滅。一部を除いた官僚たちはみな避難を完了していたため、各省庁の人的損失は抑えられたものの、黒鉄公の攻撃によって、膨大な量の紙媒体記録をはじめとするハードは、永遠に失われた。警視庁や内閣府、首相官邸に攻撃が及ばなかったのは、不幸中の幸いであっただろう。紛れもない幸運と、二十時間にも亘って火災と格闘した東京消防庁の努力により、政府機能の麻痺という最悪の事態だけは避けられた。

一方、西方海域航空戦にて大敗を喫した魔族陣営は、その翌日には人外諸族軍事会議が招集され、続いて魔王直轄軍参謀本部・航空総監部・水上総監部の高級参謀たちが、遠隔通信によって緊急会議を開いた。

「敵の能力を見誤ったのが、今回の敗因でしょう。勝敗を分けるのは事前の戦略と準備。戦いは勝つべくして勝ち、負けるべくして負ける。敵の新型噴進弾への有効な対抗策が見つけられていない現状で、我々は積極的な軍事行動を起こすべきではなかった。結果、我々は約五百騎の勇士を失った——まさに愚の骨頂」

魔王直轄軍内の参謀会議では、冒頭から航空総監部の高級参謀が、航空撃滅戦の実施をごり押しした参謀総長に対して恨み節をぶつけた。もちろん、彼らとて不和を広げるつもりはないのだが、やはり黙ってはいられなかったのである。

「此度の敗戦の責任は、たしかに私にある。第一航空艦隊将兵たちには、戦略上の不備から不利な戦いをさせてしまった。謝罪したところで、散華した将兵の生命が戻ってくるわけでもないが、彼らには申し訳ないと思っている」

対する魔王直轄軍参謀総長は、少なくとも表向きは謝罪してみせた。

実際、彼は敗戦の責任を取るため、本国政府と魔王陛下に辞任の伺いさえ立てている。だがしかし結局のところ、彼の辞任が認められることはなかった。これは本国政府が、人外諸族の代表者たちと太いパイプを持つ参謀総長を解任すれば、魔族攻囲軍が四分五裂するおそれがある、と判断したからだった。事実、習俗も価値観も異なる人外諸族を纏《まと》め上《あ》げられるような力量の持ち主は、魔王直轄軍内には彼以外にいない。

「しかし、想定外でしたな」

険悪な雰囲気を感じ取って、無理に口を挟んだのは、水上総監部の巨人族参謀であった。

「まさか飛行機械が百機近く配備されていて、さらに巡洋艦クラスの艦艇がいまだ西方海域に生残していたとは。艦対空噴進弾のような秘密兵器もあらたに登場したようですし、我が将兵が苦戦するのも無理はない。それに此度の航空撃滅戦決行は、参謀総長閣下おひとりの意志にあらず。【勇者召喚】に恐れをなした、人外諸族たちの希望によるところも大きかった」

「まったくもってそのとおり。敗戦はやむをえなかった。払った尊い犠牲を思えば、戦の教訓を活かすことが重要。とにかく現在は、飛行機械や敵艦艇、噴進弾への対抗策の確立こそ、議論すべきこと」

水上総監部の魔族のフォローに、魔王直轄軍造兵廠《ぞうへいしょう》長官の長髭族が同意したことで、ようやく話題は建設的なものに切り替わった。

（やれやれ）

一連の様子を翼竜巣艦の艦橋にて、水晶板越しに見ていた長髭族の魔王直轄軍水上連合艦隊司令長官は、内心でほっと安堵の呟きを漏らした。手持ち戦力の不備から、今回の航空戦に参加できず、遺恨もなにもない水上総監部の魔族たちからすれば、地上軍を直接指揮し、同時に三軍の長でもある参謀総長と航空総監部の対立など御免こうむるところだったのである。

それより西方列島のあらたな敵戦力への対策を、早急に打ち出すことこそ急務だった。再び、三《み》度《たび》と魔王直轄軍が敗北することがあれば、その威信は潰《つい》え、人外諸族の離反を招くおそれもあるのだから。

　さて。

「西方海域に出現した超音速飛行機械と、新型の艦対空噴進弾および自動式対空砲――これらは現在の人類・魔族の科学技術では、製造不可能な工業製品である。つまり禁忌【勇者召喚】の発動により、召喚された異世界の産物である可能性が高い」

……という、魔王直轄軍における科学軍事技術の研究や、銃火砲の開発・生産を司る魔王直轄軍造兵廠長官の発言から始まった一連の議論は、進行すれば進行するほどに、魔王直轄軍内でも部署ごとにあらたな敵への認識が異なっていることを浮き彫りにした。

「その、あらたな敵戦力……異世界空海軍がいくら精強を誇るといっても、すでに多数は決まっている。我々の絶対的優位は崩れまい」

　あらたな敵を最も軽視していたのは、地上部隊を指揮する作戦部の作戦参謀たちであった。新兵器は登場当初こそ彼我に絶大な衝撃を与えるものだが、実際のところ優れた兵器や戦法、戦術が、戦略的な優位を覆すことは戦史上を見てもほとんどありえない。それが、軍事的常識。いまさら超音速飛行機械が現れようと、恐るるに足らず、というのが彼らの思考であった。

「大陸最後の人類都市に対しては、速戦即決だ！　あらたな敵航空戦力に動揺せず、攻撃を継続すれば、あと一月《ひとつき》、二月《ふたつき》で連中の城塞都市は陥ちる。残る異世界空海軍などに対しては、我が百万の軍勢を以て踏み潰してもよし、消耗戦に持ち込んでじわじわと国力の差で扼殺《やくさつ》するもよし！」

戦略的優位、圧倒的国力を前になにができようか。陸海空が連携して決戦に臨めば、必ず勝てる――小人族の若手作戦参謀エイリスは、可愛《かわい》らしく見える短い手足を振り回して、即時の決戦を主張した。

「……現状のまま決戦、という運びになれば、航空艦隊は航空優勢の維持に責任を持てない。魔族攻囲軍地上部隊は、航空艦隊による航空支援をいっさい期待しないでもらいたい」

他方、二度の航空戦を経験している魔王直轄軍航空総監部の参謀たちは、実質的な敗北宣言さえ口にして、異世界航空戦力への対抗手段を確立してからの軍事行動を主張した。

航空総監部としては取り急ぎ、大損害を負った第一航空艦隊に対して、現地での再編成と、あらたに編成しなおした大隊単位での戦闘訓練を行うように指示。また本国にて練度回復訓練中であった第二航空艦隊を、前線へと移駐することを決定した。

ただし前線の各航空基地に第一航空艦隊と、第二航空艦隊を維持できるだけの収容能力はないため、すぐさま第二航空艦隊全騎を移駐させるのは不可能である。仮に異世界より出現したと思しき空軍が積極的攻勢を開始した場合、現地で再編成された第一航空艦隊の再訓練と、あらたに前線配備となる第二航空艦隊の戦力化が終了するまで、前線における航空優勢を維持することは困難となる。それが航空総監部の見立てであった。

もちろん、彼らとてこのまま無為無策のままいるつもりはない。

敵噴進弾対策の第一弾として、まず彼らは金属製の囮弾《チャフ》の開発を始めた。

実はすでに、航空総監部隷下の組織、航空技術開発本部の優秀な技術者たちは、彼らが装備する噴進弾の誘導方式が、電磁波の反射を利用したものだろう、とあたりをつけていたのだ。

電磁波については彼ら魔族も発見していたし、過去には一時期、軍事利用のために電磁波発射装置が開発されている。航空技術開発本部の創設に関わった変わり者の研究者が、「電磁波を飛ばして、その反射を受信することで、敵の正確な位置を割り出せる。この装置の実用化により、これまで索敵に割いてきた魔力の消費が抑えられる」と主張して、半ば独学で開発を推進していたのである。結局は電源装置をはじめとする機材が必要になるため、「魔族ならば誰もが発射できる魔力波の下位互換にすぎず、実用的ではない」という評価がされて、航空総監部全体では利用研究をしてこなかったのだが……ここで電磁波に関する基礎研究が活きた。

なによりも航空総監部の魔族たちに確信を持たせたのは、異世界空軍機が回避機動に移る際に、金属製の薄片をばら撒くところを、一部の翼竜騎兵が目撃していたことだった。これは彼らにとって既知の攻撃手段、つまり電磁波誘導方式の噴進弾の誘導を妨害するための防御手段に違いない、と航空技術開発本部の技術者たちは睨んだ。

そこで魔王直轄軍航空技術開発本部では、異世界空軍機の装備――金属製の囮《チャフ》を模倣することにした。歩兵用手榴弾《しゅりゅうだん》のサイズに纏めることができれば、空中の翼竜騎兵でも複数個装備できる。イメージとしては、敵噴進弾の発射を早期警戒騎が捕捉し、通報を受けた大隊各騎が一斉に金属片を詰めた筒を投げ、相手の電磁波を攪乱《かくらん》して妨害する、という形だ。

「また航空総監部としては、魔力波にしても電磁波にしても、相手が物体に対する反射を利用して索敵しているのであれば、航空支配騎を製造・配備することで対抗できると考えています。参謀総長閣下、どうかご検討をよろしくお願いいたします」

「航空支配構想の実現に関しては、我々の一存では決められん。翼竜諸族の許しが必要だ……私が話をしてみよう。では、次に水上総監部」

参謀総長に話を振られた水上総監部の思考は、航空総監部と似通っている。

「俺たち艦隊屋の見立てじゃ、あらたに現れた水上艦艇の威力は未知数だ。翼竜騎兵が持ち帰ってくれた写真を見る限り、巡洋艦クラスでも非装甲。魔力波や電磁波の反射を避けるような形状をしているような、していないような……はっきり言って隠密性は中途半端だな」

濃紺の水上制服を纏った水上連合艦隊司令長官は、その立派な髭をしごきながら言った。

翼竜騎兵が持ち帰った艦影を見た水上総監部の参謀たちからすれば、あらたに現れた人類艦艇の設計思想がよくわからない。特に魔導による防御システムがないにもかかわらず、非装甲の身を晒す設計は、自殺的としか感じられなかった。

「攻撃力も不明だ。巡洋艦クラスでも主砲は一基か、二基。それも小口径単装砲しか積んでない。だが、艦対空噴進弾があるんだ。艦対艦噴進弾を隠していても不思議じゃない。そいつが装甲なんかじゃ防げない絶大な攻撃力と、百発百中の誘導性能を持っているなら、非装甲なのも何となくうなずける。……が、とにかくいろいろわからん！　手持ちの情報が少なすぎて、この状況で戦うのは無理だ！」

評価しようにも、相手の実力が不明に過ぎる。水上総監部としては、当面は手持ちの小艦隊で情報収集を行いつつ、人類軍の連合艦隊との連戦で傷ついた主力艦艇を、可能な限り早急に戦線復帰させる、という方針を採るつもりであった。

（と言ったものの）

だがしかし、水上総監部全体で決定した方針や、先程までの発言とは裏腹に、水上連合艦隊司令長官はまったく異なる思考をとっていた。

（恐れることはない、防御力は隠密性では明らかにこっちが上。相手の攻撃は、魔導水兵を増強すれば防げるはず。連中はもとより防御を諦めて、装甲を捨てている。相手をこっちの射程内に収めることさえできれば、撃ち負けることはない）

……戦えば勝てる、という確信が、なぜか彼にはあった。

それでも結局は、手元に水上戦力がない。前述のとおり、奪取した大陸西岸の元人類軍港湾施設に存在する主力艦艇は、翼竜巣艦と高速戦艦がそれぞれ一隻あるのみ。数日中に翼竜巣艦一隻があらたに回航される予定だが、それでもあらたに現れた異世界海軍と戦うのには心もとなかった。

一方、犬吠埼沖航空戦を経験した陸海空自衛隊では、ある問題についての議論が始まっていた。端的に言えば、備蓄弾薬量に関する問題について、である。現在日本国内に存在する備蓄弾薬は、総力戦の絶滅戦争を戦えるほどあるわけではない。今後、犬吠埼沖航空戦のような航空戦が断続的に生起すれば、すぐさま一部弾薬が底をつくことは明らかであった。

まず統合幕僚監部にて問題になったのは、今後も日本防空の主力を担っていく航空自衛隊航空総隊の弾薬備蓄量であった。

異世界召喚直前の航空自衛隊の弾薬備蓄量については、中距離空対空誘導弾が約二千発――内訳は旧式のＡＩＭ－７スパローが約千六百発、九九式空対空誘導弾が約四百発。短距離空対空誘導弾は約三千発程度である。

これに対し、航空自衛隊は犬吠埼沖航空戦において、中距離空対空誘導弾各種を三百発近くと、さらに短距離空対空誘導弾を約三十発程度射耗した。つまり短距離空対空誘導弾はともかくとして、中距離空対空誘導弾はすでに備蓄の一割以上を消費した計算となる。

そして、特に問題視されたのは、優れた誘導性能を持つ国産九九式空対空誘導弾の残弾についてであった。

母機が発射から着弾の瞬間まで敵機を捕捉しなければならない旧式の米国製ＡＩＭ－７スパローとは異なり、九九式空対空誘導弾は発射から一定距離まで母機が誘導した後は、弾頭側が自律的に敵機を追尾する能力、いわゆる撃ちっぱなし能力を有している。

そのため犬吠埼沖航空戦では相当な戦果を上げた――のだが、すでにこの九九式空対空誘導弾は残弾数が二百発を切っており、あと二、三回同規模の航空戦が生起すれば、そのときには全弾撃ち尽くすという事態も考えられた。

そうなるとそれ以降は、旧式のＡＩＭ－７スパローミサイル約千五百発で対処しなければならないことになる。だがしかし、命中の瞬間まで発射した自衛隊機が敵機を捕捉して、弾頭をエスコートしなければならない（当然ながらその間、自衛隊機は回避運動を取れない）ＡＩＭ－７では、超音速翼竜騎兵との戦闘は苦しいものになるであろうことは予想に難くなかった。

また海上幕僚監部では、海上自衛隊護衛艦隊が装備する各種スタンダードミサイルを今後いかに調達するか、議論が起こりはじめていた。

犬吠埼沖航空戦では海上自衛隊護衛艦隊の対空戦闘により、百騎近い翼竜騎兵を撃破しており、対航空機迎撃用のＳＭ－２スタンダードミサイルが活躍した。が、いわゆるイージス艦と呼ばれるミサイル護衛艦が搭載する対弾道弾迎撃用のＳＭ－３や、対航空機迎撃用のＳＭ－２は輸入製品であり、異世界召喚前から国内ライセンス生産は行われていない。

つまり現状では、射耗した分をあらたに調達する見込みがないのである。

現在のところ各種スタンダードミサイルの備蓄はまだ十分にあるが、護衛艦が手持ちの艦対空誘導弾を撃ち尽くす規模の海戦が今後も頻発すれば、まず対航空機迎撃用のＳＭ－１、ＳＭ－２の備蓄は払底する。

魔王直轄軍航空艦隊が複数個から成り、作戦騎が数千騎に上る以上、それを相手する陸海空自衛隊の弾薬はいずれ枯渇することは、もはや確定した未来であった。

だが結局のところ、九九式空対空誘導弾など国産弾薬をあらたに調達し、またスタンダードミサイルを国内量産できるか否かは、財務省が握る予算にかかっている。

あらたな武器弾薬の追加調達については、年度はじめに定められた予備費を使用するか、あるいは補正予算案を国会に提出して、予算獲得を図るほかない。国どころか種が滅ぶ絶滅戦争中にのんきなことだと思われるかもしれないが、これがこの日本国の規則であった。

さて。

足らぬ足らぬは工夫が足らぬ、とは太平洋戦争中の格言だが、どんなに工夫しても足りないものは足りないものだ。

「現状のシミュレーションでは、一年前後で備蓄の石油製品は枯渇。以降は国内で産出される原油をすべて、安全保障を担う陸海空自衛隊と農林水産業へと優先して回しますが、燃料不足から国内物流が機能不全を起こしはじめ、局地的に餓死者が出はじめます」

「死に物狂いで国内再開発をやるしかないな……」

魔族攻囲軍という外部からの危機に世間が注目している最中、関係省庁の官僚たちは国民生活を脅かしはじめている日本国内部崩壊の危機への対応策に苦慮していた。

食料危機、燃料の枯渇、母国を失った外国人旅行客に対するフォロー。こうした国内問題への対処を誤れば、日本国は四分五裂に陥って崩壊するであろう。

中でも即時対応が必要とされる喫緊の問題が、ふたつある。

まず国内消費量のほとんどを対外輸入に依存してきた原油を、いかに自給するか。

それから、カロリーベースで約四十%にすぎない食料自給率をいかに伸長させ、国民の餓死を防ぐか。

まずは石油を中心とした燃料問題。

日本国は現在、国家石油備蓄基地と借り上げた民間タンクに約四千七百万キロリットルの原油・石油製品の国家備蓄を保有している。さらに民間企業の間では約三千万キロリットルの民間備蓄があり、これを前述の国家備蓄と合わせると、約二百日分の石油製品が備蓄されている計算となる。

実際には対外貿易が消滅し、否《いや》が応《おう》でも経済規模が縮小して陸海空の交通量が減ることが目に見えている以上、石油の消費量はゆるやかに減少し、燃料不足が深刻化するのは二百日後よりも後になる可能性が高い。またエネルギー使用量を切り詰め、日本全国の原子力発電所を再稼動させ、火力発電所の稼動を抑えれば、さらに石油が底をつく瞬間は後へ延びるだろう。

しかし一方で、備蓄分を使い果たした後の見通しは立たない。

毎年変動する国内の年間原油産出量は、約五十万キロリットルから約百万キロリットルに満たない程度である。

そして日本国内における原油の年間消費量は、約二億五千万キロリットル程度だ。

文字どおり、産出量と消費量とで桁が違う。

現状の供給量に見合わない浪費状態が続けば、一年もせずに国家／民間備蓄の原油と石油製品は底をつく。この途方もない問題に対処する関係省庁はとりあえずの方針として、できうる限り燃料消費を抑えて、備蓄の原油と石油製品が保つうちに、これまで経済的採算の観点から手を付けてこなかった油田開発や、炭鉱の再開発を実施することを決定。

またライフスタイル転換、エネルギー転換を試みるほかない、という結論に至った。机上の空論にも聞こえるが、国民のライフスタイルを太平洋戦争前後にまで巻き戻せば、備蓄の原油だけでも十年以上は余裕でもつ計算になる。何にせよ国民の意識転換を図って、少しでも備蓄を切り崩す量を減らせるのならば御の字であった。

そしてもうひとつ差し迫った問題は、この日本列島に存在する一億を超える人類を生かしていくための食料をいかにして確保するか、そしていかに分配するか、であった。

「食料品の輸入が完全に停止した現状は、『緊急事態食料安全保障指針』における緊急時レベル2に該当すると思われますが、いかがでしょうか」

黒鉄公の襲撃により自身の省庁が焼けたため、他の合同庁舎を間借りしている農林水産省の官僚たちが、額を突き合わせて食料問題について議論を始めていた。

実を言えば食料輸入の途絶に対する基本方針は、異世界転移前からすでに策定されていた。食料自給率の低さが声高に叫ばれていた日本では、食に関する緊急事態への関心は、もともと高い。

農林水産省内には、平成十四年に製作された『不測時の食料安全保障マニュアル』改め、『緊急事態食料安全保障指針』(平成二十四年に改称)というマニュアルが存在する。

これは食料供給に影響を及ぼすような緊急事態を、深刻度に応じてレベル0~2の三段階に分類し、それに対する基本方針をまとめたものである。

「レベル2で異存はない。正統ユーティリティ王国は食料の輸入先として期待できないらしいから――正真正銘、自給するしかないんだよな」

いま農林水産省の職員たちが口にしている緊急時レベル2とは、農林水産省が想定する最も深刻な状況である。

輸入の減少、あるいは途絶。

そういった事態により食料供給が減少し、日本国民が必要最低限のカロリーを摂取できなくなる、と予想される最悪の状況が緊急時レベル2であり、このレベルでは農林水産省は国民ひとりあたり一日、最低限二千キロカロリーの供給を確保することを目的に、あらゆる手段を尽くすことになっている。

「まず米をはじめとする食料備蓄量について確認いたします」

農林水産省農産部穀物課の人間が、小会議室に集まった同省職員にレジュメを配布して、日本国内の現状確認を開始した。

まず日本国民の主食、米に関して。

日本人の年間米消費量は約六十キログラム程度であり、単純計算（六十キログラム×一億二千万人）で年間約七百二十万トンの米が日本全体で消費されている。

一方で日本政府は平成五年の米不足と、日本のタイ米緊急輸入に伴う米価高騰による国際問題の発生以来、政府備蓄米の確保に努めてきた。そのため現状、国内には政府備蓄米が約百万トン存在している。

また日本国内の年間米生産量は約八百六十万トンに上るため、収穫時期まで政府備蓄米約百万トンと民間備蓄で凌《しの》ぐことができれば、あとは百%自給が可能、と考えられる。

ただし今後は他の主食――小麦を使ったパンや麵類が消滅するため、米の需要が急上昇し、日本人ひとりあたりの年間米消費量が約六十キログラムから、ピーク時の約百キログラムにまで伸びる可能性がある。そうなると現在の年間約八百六十万トン生産では米不足は必至となるため、ここは減反政策を撤回して休耕田を活用し、緊急増産をしなければならない。

またこの異世界の気候が元の日本列島を取り巻く気候と異なる場合は、生育不良の発生が想定されるため、周辺地理、周辺気候の調査を各省庁と連携して進めなければならない、ということも確認された。

「米に関しては大丈夫なんだな」

農産部穀物課職員の説明に、米に関しては専門外の職員が胸を撫《な》で下《お》ろす。

が、対する穀物課職員の表情は険しい。

「異世界の気候が元来の日本列島の気候とさほど変わらなければ、ですが」

「気象庁によれば現時点で平均気温は、異世界転移前の平年より三度ないし四度程度低いそうです」

「三度から四度⁉」

平成五年の全国的な米不足は記録的冷夏――夏場の気温が三度低かったために発生した。そのときにはタイ王国をはじめとする諸外国といった米の緊急輸入先があったし、また代替となる食料品がいくらでもあったため、餓死者続出という深刻な事態は発生しなかった。

だが現在は違う。

日本列島における王権の発生から今日に至るまで、日本人と深い関係を築いてきた米――自給率九十九%を誇る盟友が平年以上に収穫できなければ、日本国民の主食は消滅する。

「まだ異世界転移から一週間と経っていませんので、この世界の気候に関する情報は不十分です」

「仮に米が生育不足となれば、主食は緊急増産で賄う芋類になりますかね」

ちなみに米以外の食料備蓄は、僅少の一言に尽きる。

食糧用小麦の備蓄は約二ヵ月分（小麦の自給率は約十五%）。

大豆の備蓄は約二週間ないし三週間分（大豆の自給率はカロリーベースで二十九%）。

家畜用飼料は政府備蓄と民間備蓄を合わせて約二ヵ月分。

この深刻な事態を前にして、農林水産省としては『緊急事態食料安全保障指針』に定められたとおりの対処を採ることに決まった。

まずは減反政策を撤回、休耕田をフル利用して水稲と大豆を緊急増産。

さらに工芸作物や飼料用作物といった非食用作物の生産を制限し、代わりに芋類の増産を行い、日本国民に一日あたり二千キロカロリーないし二千二百キロカロリーを供給できるよう生産を行う。

また『主要食糧の需給及び価格の安定に関する法律』『生活関連物資等の買占め及び売惜しみに対する緊急措置に関する法律』等を利用して、物価と物流を統制し、最終的には『国民生活安定緊急措置法』を根拠にして、全日本国民へ食料品が行き渡るように割り当て、配給制度を開始する。

「天下の日本官僚の晩飯がこれか」

会議が終わって解散した官僚たちは当然ながら退勤などできず、自分の部署で山積する実務をこなしはじめる。

そんな彼らの夜食は、すでに日本国の食糧事情を反映したソフトボールめいた大きさの爆弾おにぎりであった。

すでに合同庁舎内の自動販売機からパンやインスタント食品は消《き》え失《う》せており、また食堂も白飯を主体に焼き魚と茹《ゆ》でた野菜がついた定食と、おにぎりの販売しかしていない。

「……こりゃしばらく帰れそうにない」

中国産の梅干しが入ったおにぎりを食べ終えた彼らは、現状で一日ひとりあたり約九百五十キロカロリーしか供給できない日本国の農林水産業を改善すべく、猛然と働きはじめた。

「第五空軍将兵は、米料理に慣れることができそうかね」

「ああ。スシ、ジャンバラヤ、リゾット。ヘルシーで最高だとみな言っているよ、ただ……」

「やはりか。実は第七艦隊でも、深刻な問題になりつつある」

「コーラの不足で暴動寸前、か？」

ハハハハハ、と豪快な笑い声が、横田基地（東京都福生市）在日米軍司令部の一室に響いた。

感状を収めた額縁が大量に飾られた部屋の主は、在日米軍司令官と在日米軍第五空軍司令官を兼任するオリバー・マルティス空軍中将である。四千時間を超える輸送機操縦経験を持つ元ベテランパイロットであり、核空輸部隊指揮官を務め上げた後は、米空軍内の輸送畑・運用畑の主要ポストを歴任。いまはその部隊管理・運用能力が認められて、横田基地にいる切れ者である。

ただその容貌は柔和であり、略綬《りゃくじゅ》が大量についた濃紺の軍服を着用していなければ、身長約百八十センチの気のいい初老の米国人男性にしか見えないであろう。

「……だが笑いごとでもない」

一方、自身のデスクで黒革張りの回転椅子に身を預けるそのオリバー空軍中将に、向かい合う形で立っているのは、痩せぎすの在日米軍第七艦隊司令官、ジョン・アッカーソン海軍中将。彼の経歴の大半には、常に力強い艦載機の存在がある。F－14トムキャット戦闘機から成る第一〇一戦闘攻撃飛行隊、第四一戦闘攻撃飛行隊の飛行隊長として活躍し、第五空母航空団や第三空母打撃群の指揮官を務めた後に、いまは世界最強米第七艦隊の司令官を務めている。

彼は水上艦の指揮運用に対して、特別の知識はない。が、艦載機の運用ならば、まさしく米海軍随一の人間であった。そして元戦闘機パイロットという経歴もあってか、保身とは無縁の行動派として知られている。先の犬吠埼沖航空戦の折、第五空母航空団に航空自衛隊の援護を依頼し、米海兵隊の指揮官を説き伏せて、F－35Bによる攻撃を実現させたのは、他でもない彼であった。

「本国とは通信が途絶。在日米軍将兵、特に我が第七艦隊将兵は、家族と離れることには慣れている。とはいえ、さすがに通話もかなわないということで、日本に扶養家族を連れてきていない将兵や、本国に恋人を残してきた若い士官や兵は夜も眠れぬ思いをしている」

「帰還の手がかりすらないからな……いいニュースを提供しようと思っても、こちらもなにもない」

「いいニュースどころか、悪いニュースばかりだ。兵站《へいたん》の担当者によると、武器弾薬は十分すぎるほどの備蓄があるから心配いらないらしいが、将兵のために本国から調達している食料品や嗜好品《しこう》は近々なくなるそうだ。近いうちに我々は、日本政府に食料品をはじめとする物資の補給を頼まなくてはならなくなるだろう。JMSDF《海上自衛隊》の第七艦隊になる日は近いよ」

冗談半分、自嘲半分に言うジョン海軍中将だが、内心では本気でそう思っている。

米軍が世界最強である所以《ゆえん》は、米国製兵器の性能や米国軍将兵の勇気にあるのではなく、世界中の前線部隊と本国を結ぶ強靱《きょうじん》な補給線・兵站にある。当然ながら前線部隊は単独では戦えず、その生命線が断たれれば、さしもの第七艦隊も急速に戦闘力を喪失する。朝鮮半島における有事発生の可能性に備え、弾薬をはじめとする軍需品の集積は密《ひそ》かに進められていた。それでもいずれは日本政府に、補給物資の提供を依頼しなければならなくなる。

もちろんそのときには、米第七艦隊はあらたなスポンサーによって、顎で使われることになるだろう。

それを在日米軍司令官兼第五空軍司令官のオリバー空軍中将も、痛いほど理解していた。F－15戦闘機やF－16戦闘機といった超音速ジェット戦闘機を有する第五空軍も、台所事情は同じだ。

「……愚痴を言っても始まらない。きょうの本題に入ろうじゃないか」

だが今日はそんな暗い展望を話すために、彼はジョン海軍中将を呼びつけたわけではなかった。

「米海軍第七艦隊は、今後も東方大陸のモンスターどもと交戦するつもりか」

いつも微笑《ほほえ》みを湛えているはずのオリバー空軍中将の柔和な表情が、冷徹で計算高い将官のそれに変わっている。

だが相対するジョン海軍中将は怯むことなく、「ああ」と決断的にうなずいた。

「トモダチ作戦さ」

トモダチ作戦。二〇一一年三月に発生した東日本大震災直後、アメリカ四軍が将兵約二万五千名を投入し、被災地に対する支援活動を行ったことは記憶に新しい。このとき米軍が提供した物資量は、食料品約二百八十トン、水約七百二十万トン。さらに原発事故というクライシスに臨む日本政府に対して、ヨウ素約九トンや、対NBC戦防護服、消防車といった類いの物品も提供している。

この『トモダチ作戦』は、日米同盟の絆《きずな》の深さを内外にアピールできた活動であり、不祥事続きの在日米軍としては、胸を張って誇れるひとつの武勇伝となっていた。

このときは津波警報が出ている最中にもかかわらず、米揚陸艦『トーテュガ』が海上輸送任務にあたったり、原発事故がいかなる展開を見せるか不明な最中、航空母艦『ロナルド・レーガン』が燃料補給や非常食約三万食を輸送したりするなど、米海軍は多少なりともリスクを冒していた。

だがオリバー空軍中将からすれば、リスクを冒す点では同じだと言っても、災害復興を助ける『トモダチ作戦』の発動と、この異世界における集団的自衛権の行使は、別次元の問題だった。

「我が国の国益とアメリカ国民の生命と財産を守るために、アメリカ軍はある。異世界でモンスターの駆除をするために、将兵の生命を危険に晒すわけにはいかない。我々が指揮する部隊は、我々の私兵ではない。アメリカ国民の血税によって賄われている以上、米国軍人は自国民の負託に応えるために存在する。日本国のために無条件で軽々しく浪費されるべきではない」

「だが『日本国とアメリカ合衆国との間の相互協力及び安全保障条約』がある。同盟国を守るのは、我々在日米軍の義務だ。少なくともそう考え、私は指揮下の諸部隊に志願を呼びかけた」

政府による政治的判断の下にあり、明確な指揮系統が存在する正規軍で、こうした議論が発生することなど通常はありえない。

だが本国と切り離された在日米軍は、特殊なケースである。

前述のとおり、日本列島に駐留する陸軍・海軍・空軍・海兵隊から成る在日米軍の司令官は、オリバー空軍中将だ。

だが実際のところ、彼に陸軍や海軍、海兵隊の部隊に命令を下す指揮権はない。

在日米軍の陸・海・空・海兵の作戦指揮を執るのは、より上位の司令部——インド太平洋軍司令部であり、在日米軍司令官のオリバー空軍中将の権限でできることと言えば、陸・海・空・海兵間の調整や日本国自衛隊との連絡くらいである。在日米軍司令官で米空軍第五空軍司令官のオリバー空軍中将が、米海軍第七艦隊司令官のジョン海軍中将に命令することはできない。そういう仕組みになっていることは、両者が同格の中将という階級にいることを見ても明らかであろう。

そして言わずもがな、インド太平洋軍司令部の所在地は日本国の領域の外——つまり在日米軍内の四軍をまとめる正規の指揮系統は、いまこの世界に存在していない。

そのためオリバー空軍中将は、その他の三軍の指揮官と会談の機会を持ち、意識の擦り合わせに必死になっていた。

「日米安全保障条約の第五条では、自国の憲法上の規定及び手続に従って、共通の危険に対処するように行動することを宣言している。大統領の決断と合衆国議会の決議がなければ、軍事行動の根拠とはならない」

日米安保が行動の根拠になる、というジョン海軍中将の主張を、オリバー空軍中将はそう言って切って捨てた。彼はどちらかというと、この異世界における戦争介入には及び腰であった。本国の政治判断もなく軍事行動を開始するなど、前代未聞である。

「法律の知識では勝てませんな」

それをジョン海軍中将も、十分理解している。

「……だからといって、座視もできない。それは事実では」

だが第七艦隊司令官として日本列島に居ついてから二年。日本人との間に友誼を結んできた彼には、譲れぬ一線があった。集団的自衛権を行使せず、ただ自軍のみの保全と自衛に努めるなどという選択肢は、彼の中にはない。

「この日本列島と共に転移してきた、不運な在日米国人の生命と財産が脅かされている。我々在日米軍は、神の御手も届かないかもしれないこの異世界で、彼らを守る最後の砦《とりで》にならなければならない。大義名分はそれで立つのでは。――ところで赤坂の判断は？」

ジョン海軍中将が口にした赤坂、とは在日米国大使館・領事館のことであった。本国政府と連絡が取れない以上、行動指針を定めるにあたって彼らを無視することはできないだろう。

ところがオリバー空軍中将は、「駄目だ」と首を振った。

「軍事的判断は一任する、とのことだ」

「責任逃れじゃないか」

「訪日米国人の面倒で手一杯、仕事が回っていないのだろう」

海軍中将と空軍中将は、同時にため息をついた。武官であるはずの我々が政治的判断をして、在日米国人の運命を決める決断をしなければならないとは。

「ともかく、我々米海軍第七艦隊としては」

再び口を開いたのは、ジョン海軍中将であった。

「在日米国人の生命と財産を守るためには航空優勢の確保は必須であり、日本国自衛隊と協同することは絶対不可欠である。航空攻撃、あるいは巡航ミサイルによって、モンスターどもの策源地を攻撃することも念頭に置いている。だが、もちろん陸軍、空軍、海兵隊と歩調を合わせることは大事だ。もしオリバー、君が強く反対するならば、米第七艦隊も今後の方針をもう一度協議してみることにしよう」

「……すまない」

謝意を示したオリバー空軍中将の苦悩は深い。

気分はさながら大統領か。ジョン海軍中将との会談の後は、さらに陸軍・海兵隊の高級将官と会い、意見の聞き取りをする予定であった。陸軍は実戦部隊をほとんど持っていないため、さしたる意見は持っていないだろう。だがしかし、海兵隊は第三海兵遠征軍といった有力な地上・航空戦力を有している。彼らは彼らなりに、考えている戦略があるだろう。

オリバー空軍中将とジョン海軍中将はその後、二言三言どうでもいい世間話や冗談を交わし合った。

「そういえば」

それから帰る間際になって、ジョン海軍中将が切り出した。

「あの件はどうなった」

「……？」

「正統王国の話だ」

「ああ。四軍で決めたとおり、丁重にお断りしたよ」

実は正統王国は日本政府と接触するのと同時に、在日米軍司令部にも取引を持ちかけていた。

――正統王国を軍事支援してくれれば、自領の一部をアメリカ自治領として割譲する用意がある。

だがオリバー空軍中将が言ったとおり、在日米軍の総意としてその話は断った。

「トモダチは慎重に選ぶものさ」

「違いない」

再びふたりの豪快な笑い声が、部屋に響いた。

「木下閣下、ご確認のほどよろしくお願いいたします」

壊滅的打撃を受けた東京都心の被害を局限するために、首相官邸にて指揮をとっていた古川首相以下閣僚たちは都心の鎮火まもなく、正統王国在日特命全権大使を自称する男、エンゲルベルクトの訪問を受けた。

有事発生、東京都心被災下ということで、ブルーの防災ジャケットを羽織った閣僚や高級官僚たちが冷ややかな視線を投げかける中、特命全権大使の男は恭しく頭を下げて、一枚の紙切れを木下外相に差し出した。病的な猫背と裾がほつれてところどころ焼け焦げた跡のある紺の紳士服を纏ったその全権大使の外見は、まったくもって外交官らしくない。だがしかし、目の前で虚空から出現した以上、彼が少なくとも正統王国の人間であることを、日本政府の人間は認めざるをえなかった。

身長百八十センチの木下外相は少し屈《かが》んで、彼から『正統王国政府と日本国政府の共同声明草案』と日本語で大書されている紙を受け取り、すぐさま目を通した。

一　正統王国政府および日本国政府は、初代正統王即位六百八十六周年第六月から外交関係を樹立することを決定した。両政府は人類同士の普遍的良心に従い、それぞれの代表的都市における他方の大使館の設置およびその任務遂行に必要なすべての措置をとり、また、できるだけすみやかに大使を交換することを決定した。

二　正統王国政府および日本国政府は、主権および領土保全の相互尊重、相互不可侵、内政に対する相互不干渉、平等および人類普遍の平和共存を求める良心の上に両国間の恒久的な平和友好関係を確立することに合意する。両政府は人類同士の普遍的良心に基づき、正統王国および日本国が、両国間で発生したすべての紛争を平和的手段により解決し、武力または武力による威嚇に訴えないことを確認する。

三　正統王国政府および日本国政府は、両国間の平和友好関係を強固にし、発展させるために平和友好条約の締結を目的として、また、人類が迎えている絶滅危機に対して協同するために、安全保障条約の締結を目的として、交渉を行うことに合意する。

四　正統ユーティリティ王国政府および日本国政府は、両国間の関係を一層発展させ、人的往来を拡大するため、必要に応じ、貿易、海運、航空等の事項に関する協定の締結を目的として、交渉を行うことに合意する。

「これは……」

目を通した木下外相は戸惑うほかなく、背後に控えていた外務省の高級官僚や、古川首相をはじめとする他の閣僚に紙を回した。

「殿下は早急な国交樹立を望んでおります」

哀願する全権大使エンゲルベルクトは、視線を古川首相と木下外相の間で彷徨わせた。

対する古川首相以下閣僚と、外務省をはじめとする高級官僚の間では、正統王国との国交樹立に迷いがある。

「四項には、必要に応じ、貿易、海運、航空等の事項に関する協定の締結を目的として……とあるが、正統王国に我が国と貿易できる資源や商品があるのかね」

草案を読み終えた赤河財務相は、全権大使に聞こえるくらいの大きさの声でわざと呟いた。

正統王国が食料や資源の有力な供給源になってくれるのであれば、日本政府は魔族陣営を敵に回すリスクを念頭に置いても、正統王国との国交樹立を考えたであろう。

だがしかし、残念ながら正統王国はあらたな貿易相手にはなり得そうになかった。末期戦に挑む正統王国の物資窮乏の程度は深刻であり、日本国に余剰食料や資源を輸出する余裕はないだろう。また情報幕僚アーネの言によると、正統王国軍は自国領内においても、躊躇なく化学兵器を主とする大量破壊兵器を濫用したらしい。仮に失陥した国土を奪還したとしても、戦禍に見舞われた都市や農村を復興させ、産業を再建させるのに、どれだけの時間がかかるというのだ。日本国内の経済を支えられる量の物資を正統王国から輸入することは、長期的に見ても不可能なように外務省の官僚たちには思えてならなかった。

また正統王国軍を筆頭とする人類軍の軍事力の規模も能力も、自衛隊を下回る水準であろうから、安全保障条約を締結してもこちら側に旨味《うまみ》はないように思える。

つまり国交樹立の見返りは、この異世界や魔法に関する基礎知識のみ、と考えていい。喉から手が出るほど欲しい地球への帰還方法については、あの正統王女の性格や、滅亡の危機にある正統王国の立場を考えれば、早期の供与は期待できないだろう。

一方で、正統王国と国交を樹立することは、魔族と全面的に対立することを意味する。

木下外相以下外務省は、いまだ魔族陣営との外交交渉を諦めていない。先の東京都心の戦闘で庁舎こそ失ったものの、職員の大半はJアラートが鳴った時点で避難していたため無事であった。現在彼らは、総合外交政策局の人間を中心として、交渉への糸口を掴《つか》むべく暗中模索を始めているところである。

そして仮に魔族陣営との外交交渉に繋がる、何かしらの好機が到来したとき。彼ら魔族と長年の交戦状態にある正統王国と国交を樹立しているか、していないかは、大きなポイントとなるだろう。

いまは好機だ。犬吠埼沖航空戦で、陸海空自衛隊は大勝を収めた。大損害を被った魔族陣営が、日本国の軍事力に恐れをなし、講和に乗り気になる可能性は大いにある。チャンスを最大限活かすためにも、正統王国との国交樹立という不安要素は遠ざけるべきであろう。

純粋な損得勘定をするなら、正統王国との外交交渉の本格化は、まだ見送ったほうがよい——古川首相は押し黙ったまま、心中で結論を出していた。

だが。

「その、私もテレビなる遠隔映像受信機を見たのですが……最近行われた世論調査では、正統王国との国交樹立への賛成は、七十%を超えていると。日本国は国民主権の国家であり、普通選挙によって選出された閣下たちが、民意を反映した政党政治を執っていらっしゃる、そう私は伺いましたが……」

不穏な雰囲気を察した全権大使は、引きつった笑みを浮かべながら、そう言った。袖で額の汗を拭う。動揺が隠せていない。彼は人間同士、交渉は容易に進むはず、と楽観的に考えていたらしい。

「世論調査の結果については、おっしゃるとおりですが……」

一方の木下外相も、歯切れが悪い。

正統王国を切り捨てる選択肢が合理的であることは、明らかである。

だがしかし、世論がそれを許しそうになかった。まさに神出鬼没、正統王女のメディア戦略のせいで、日本国内の世論は正統王国に対して、同情的な方向で固まりつつある。右派左派中道問わず、「人道的支援や東方大陸への派兵はともかくとして、正統王国と国交を結び、交流を始めるくらいならば構わないのではないか」という意見が大勢を占めているこの状況下で、国交樹立を渋り続ければ、古川政権と自由民権党に対する支持率は暴落するであろうことは間違いない。

正統王女を封殺する手段として期待された、「正統王国が人為的に日本列島を異世界召喚した」という日本政府の発表は、やはり非現実的に過ぎて、ほとんど真面目に議論されていないのが現状だ。メディアは政府の発表を頭ごなしに否定するわけにもいかないが、しかし客観的な証拠がなく信憑《しんぴょう》性を確かめることができないため、現状では半ば黙殺されている。

古川内閣としては、内閣支持率が上昇しようが下降しようが別に構わない。

だがしかし党内では、「早く正統王国との外交交渉を本格化してほしい」という声も上がりはじめていた。その中心となる勢力は、一ヵ月後に東京都議会議員選挙を迎える自由民権党東京都議連。彼らは正統王国関連で何ら動きをみせない古川内閣に対して、焦りと苛立ちを募らせていた。

その理由は、同じく選挙戦で議席を争うこととなる大山小夜子《さよこ》東京都知事が率いる都民第一党が、東京都・城塞都市姉妹都市提携構想等、正統王国関連の選挙公約を電撃的に設定したためであった。

国政と都政は実際には無関係であるが、有権者である都民はそう考えない。

自由民権党総裁が率いる内閣が慎重な動きしか見せていない一方で、都民第一党が正統ユーティリティ王国との交渉に前向きな選挙公約を掲げている――これでは正統王女に同情的な有権者たちが、自由民権党と都民第一党、どちらに投票するかは火を見るよりも明らかであった。

「草案についてはいったんお預かりして、外務省にて真摯に検討いたします」

木下外相はとりあえずそう答えるのが、精いっぱいだった。

選挙戦への影響を重要視して外交交渉を本格化させるにしても、まだ情報収集と検討を重ねる時間が必要なことには変わりない。

「ありがとうございます、木下閣下！」

一方の全権大使エンゲルベルクトは、真摯に、という木下外相の言葉を真に受けたのだろう。破顔一笑すると、何度も木下外相にお辞儀をした。

それを見ていた古川首相以下閣僚たちは、つきかけたため息を押し殺した。

（こちらに召喚されてから向こう、主導権を握られっぱなしだ）

現状では世論に迎合して、正統王女の要求を無制限に呑むことしかできそうにない。

彼らが内心諦めかけたとき、あらたな一報が舞い込んできた。

――千葉県旭《あさひ》市《し》飯岡《いいおか》海水浴場に、翼竜の遺骸と翼竜の騎手と思しき国籍不明の外国人が一名漂着。国籍不明の外国人の容態は意識不明の重体。この国籍不明の外国人は現在、国保朝日ヶ丘中央病院に搬送され、千葉県警旭《あさひ》警察署員の監視の下で治療を受けている。

深夜零時。

患者の大半が寝静まり、院内の大部分が消灯した国保朝日ヶ丘中央病院（千葉県旭市）の駐車場に、数台のワンボックスカーが停車した。

スライド式のドアが開くと同時に、釣り具用の収納ケースやゴルフ用品のキャディバッグを背負った男たちが続々と車から降りてくる。彼らの服装に、統一性はない。チノパンにシャツ、短パンにアロハシャツといった見舞客かレジャー客めいた私服を纏っている。

だが明らかに、異様であった。

花粉症もピークを過ぎた六月にもかかわらず、彼らはみな口元から鼻までを大型マスクで隠しており、また髪型はほとんど全員が揃《そろ》えたような短髪であった。そして首回りや前腕、ふくらはぎは標準的な日本男性のそれを、遥かに凌駕する太さを誇っている。

「桜田門と千葉、霞が関へ挨拶に行ってくる。所定の配置につけ」

「了解《りょ》」

「行くぞ」

その足取りは、速い。自然な足取りだが競歩選手を思わせる速度で、すぐさま煌々《こうこう》と灯火が灯《とも》る夜間受付へたどり着く。数名を除いてそのまま一行の大半は、入院患者が収容されている病棟十一階へ上がりはじめた。

「お疲れ様です」

一方、夜間受付に残った釣り人姿の男は、彼ら一行が到着する前から受付に立っていた他の私服姿の男と、挨拶を交わした。

「お疲れ様です。桜田門です。来てくださって、心強い限りです。よろしくお願いいたします。

……立ち話では落ち着きませんから、こちらです」

釣り人も桜田門と名乗った男も、両者とも私服姿だ。が、それでも隠しきれない眼光の鋭さと厳然たる雰囲気がある。ふたりはそのまま病院側に用意させた部屋へ移動した。この間、終始無言である。

「お疲れ様です」

病院側が用意した殺風景な会議室には、ふたりの先客がパイプ椅子に座っていた。ひとりはやはり私服姿。もうひとりは折り目正しい濃紺の紳士服を纏っている。前者は釣り人と桜田門と同様に、明らかに鍛えていることがありありとわかる体格をしているが、後者は上品な初老の男性だ。

「この部屋に盗聴のおそれはありません」

最初から部屋にいた私服姿の男が、顎で部屋の一角を指し示す。その先にあるコンセントの差込口は見るも無残に破壊され、内線電話は複数個の部品とネジに解体されていた。

「ありがとうございます」

こうして国保朝日ヶ丘中央病院にて、秘密会議が始まった。

「皆様、お疲れ様です」

最初に口を開いたのは、上品な初老の男性であった。

「私は本日付で外務省魔族担当特命全権大使に任命されました、鬼頭五十七《きとういそしち》と申します」

優しげな風貌の彼が頭を下げると同時に、他の私服姿の男たちは揃って会釈した。彼ら私服姿の男たちの所属は、それぞれ陸上自衛隊特殊作戦群、警視庁警備部警護課、千葉県警機動隊――この日本国内でも、精強の伝統を誇るつわものたちである。

「まず特殊作戦群《エス》の方々はいまいらっしゃったところなので、現状を確認いたします」

午後八時、九十九里浜に漂着した魔族と思しき国籍不明の外国人が、ここ国保朝日ヶ丘中央病院に搬送された。千葉県警旭警察署は病院周辺に警備体制をすぐさま敷いたものの、事態の重大性を鑑みて、県警本部に機動隊の出動を要請。また千葉県警は警視庁に応援を求め、いわゆるＳＰと呼ばれる要人警護のプロフェッショナル、警備部警護課の派遣を要請した。

いま現在、この日本国内で魔族ほど恨みを買っている存在はない。

仮にここ国保朝日ヶ丘中央病院に魔族が入院していると知れれば、先の東京都心の戦闘に巻き込まれた被害者の遺族や、過激左派・右派といった政治団体、あるいは義侠心に駆られた一個人が、魔族を標的にしたテロ攻撃を試みるかもしれなかった。

絶滅戦争などまっぴらごめんの日本政府からすれば、国保朝日ヶ丘中央病院に搬送された魔族は、魔族陣営との外交チャンネル開設へ繋がるかもしれない希望である。日本政府としては、なにがあってもテロ攻撃をはじめとする不測の事態から、異世界の入院患者を守らなければならなかった。

「マスコミや赤坂[*2]はどうだろう」

「現在のところは大丈夫そうです。入院患者も。ただ緘口《かんこう》令を敷いたとはいえ、医療関係者から情報が漏れるおそれがあります」

しかも警護は、極秘のうちに行わなければならなかった。事が露見しないよう、自衛官と警察官ともども私服を着用している。制服を纏って武器を堂々と携行していれば、入院患者やその家族、見舞客が異変を察知してしまい、魔族の存在が噂されることに繋がるであろう。

警視庁と千葉県警は最初から制服を着用した機動隊員を一個隊規模で出動させ、病院を封鎖するほどの規模の警備をすることも考えたが、熟考の末、魔族の存在が露見して暴動発生の可能性が現れたら、そこで初めて制服を着用した機動隊による大規模警備を実施することに決めた。

「院内のどこかに公安か、警察庁警備局警備企画課の作業班が潜み込んだかもしれませんが……同じ警察にもかかわらず、彼らの動向を把握できずに申し訳ありません」

「諜報《ちょうほう》畑の人間の動向がわからないのは、お互い様ですよ。自衛隊も同じです。情報保全隊やらなにやらはなにをやっているのか……」

そして陸上自衛隊特殊作戦群は異世界の入院患者を守る、あるいは無力化するために派遣されていた。

魔族の眠る病棟十一階には、すでに特殊作戦群の隊員たちが展開していた。まず魔族にあてがわれた個室の扉の両脇に、九ミリ拳銃をはじめとする武装を隠し持つ私服隊員が二名。さらに個室前の廊下には、同じく拳銃や各種手榴弾を隠し持ち、短機関銃MP7をバッグに収めて立哨《りつしょう》・巡回する私服隊員が四名。また魔族が眠る個室近隣の病室には、通常の小銃よりも銃身が切り詰められた米国製M4カービンを装備した私服隊員複数名が控えている。

仮に覚醒した魔族が暴れ出し、病室で警護にあたる警視庁警備部警護課員への殺傷に及んだ場合は、彼ら特殊作戦群の私服隊員たちが、容赦なく魔族を射殺することになっていた。

すでに魔法の存在については聞き及んでいるため、手加減はしない。

冗談のような話だが、特殊作戦群の上位組織にあたる陸上総隊司令部では、ファンタジーRPGや娯楽漫画、幻想小説を収集して、考えられるあらゆる魔法行使に対する想定を行った。

例えば小火器による射撃が通用しない、いわゆるバリアめいた防御魔法を目標が行使するケースでは、目標を屋外、あるいは窓際といった屋外から暴露した場所へと誘引。その後、近隣の建築物

＊2　赤坂　CIA

にて待機する隊員が、対物ライフルを用いてこれを狙撃する。それでも撃破が困難である場合は、第四対戦車ヘリコプター隊に応援を要請する——等といった対処シミュレーションが実施された。

この場にいる特殊作戦群の指揮官も攻撃魔法、防御魔法、転移魔法、召喚魔法、時間操作といった考え得る魔法行使への対処案を、馬鹿馬鹿しいとは思いながらもすべて頭の中に叩《たた》き込《こ》んでいた。

また脅威は国内の暴徒や、魔族本人のみにあらず。

「正統王国の動向はどうでしょうか。聞いた話では彼らは日本国内ならば、自由自在に瞬間移動ができるそうです。彼ら正統王国の工作員が、魔族を襲撃する可能性はないとは言えません」

「日本と魔族が講和して一番困るのは、正統王国ですからね」

正統王国側に魔族の存在が察知されれば、人類相撃つ最悪の事態も考えられる。陸自特殊作戦群が駆り出されたのは、正規軍装備の正統王国工作員を撃退できるように、という意図もあった。

ところで、と特殊作戦群の現場指揮官が、残る三人に問う。

「ところで魔族の容態はどうなのですか。出発前のブリーフィングでは意識が戻らないものの、容態は安定していると聞きましたが」

質問を受けた三人は顔を見合わせた後、警護課の男が複数枚の写真を机に広げた。

「現在、容態は安定しています。しかし、移動に耐えられるかは不明なので、警察病院や自衛隊病院への転院は先延ばしにしています。……これが、魔族《かのじょ》の写真です」

警護課員が指した写真には、眠りにつく金髪の女性が写っている。

「これは……人間では？」

「よく見てください。耳を」

特殊作戦群の指揮官は、あっと声を漏らした。警護課員から指摘されてから、写真に写っている女性の耳が著しく長いことに、初めて気づいた。

『指輪物語』のエルフだ」

相手は人外のモンスターと聞かされていたため、特殊作戦群の指揮官はてっきりSF映画に登場する異形のクリーチャーを想像していた。それゆえに、肩透かしを食らったような気分になっていた。外見だけで判断するならば、あまり人類と変わらない。話は通じそうである。

「それと、我々も戸惑っているのですが」

戸惑いの表情を浮かべながら、警護課員はさらに一枚の写真を指差した。

「これは彼女が所持していた、金属片です」

そこに写っているのは、いわゆるこちらの世界で言うところの認識票《ドッグタグ》であろうか。陸海空自衛隊はもちろんのこと、世界各国の軍隊では、戦死した際に遺体が損壊しても身元を調べるために、氏名や認識番号などを記載した金属片を身につけており、それを認識票と呼ぶ。

どうやらこちらの世界でもその認識票が存在しているらしく、細かい文字が彫金された金属片が写真には写っていた。

「ん……」

特殊作戦群の現場指揮官はその写真を眺めている最中に、ふとあることに気づいた。

「馬鹿な⁉」

慌てて写真を手に取り、ためつすがめつ、写真の認識票に彫金された文字を見る。

そして、読んだ。

「なぜ日本語が彫金されている⁉」

……認識票にはたしかに、カナ文字と漢字が整然と並んでいた。

【個人名】シュティーナ
【種族】耳長族
【所属】魔王直轄軍第一航空艦隊第二二翼竜騎兵大隊

「いやあ、こんなにおいしい料理は久しぶりですよ」

東京都千代田区九段下に、閣僚や高級官僚たちがよく使う料亭『白樹《はくじゅ》』はある。産地から取り寄せたばかりの新鮮な京野菜や鹿児島《かごしま》の地鶏《じどり》、国産の鯛《たい》や海老《えび》を使った懐石料理などが自慢の店だ。

当然、閣僚や高級官僚、芸能人が利用する料亭であるから、一番安いコースでも数万円。さらに各種サービス料がかかってくる。とはいえ大事な要人をもてなしたり、密談をしたりするために必要な費用だと考えれば、安いものだった。

「喜んでいただけて、幸いです」

茶室を模した畳敷きの狭い個室に、四名が御膳とともに座っている。

正統王国側の人間は、正統王国在日特命全権大使のエンゲルベルクトと、正統王国軍情報幕僚アーネ・ニルソン。

対して彼らを招いたホスト役は、日本国外務省正統王国担当特命全権大使を任ぜられた丸信之介《まるしんのすけ》と、陸上幕僚監部国際協力室長の清野一《すがのはじめ》一等陸佐であった。

さて。正統王国担当特命全権大使、などと仰々しい肩書が丸にはついているものの、彼に課せられた使命はただひとつ。入院中の魔族の回復と、魔族陣営と外交チャンネルを開くまでに、正統王国の人間をもてなして時間を稼ぐことであった。

「エンゲルベルクト閣下、次はなににになさいますか」

「あっ、いや……お気遣い、申し訳ありません。それでは……」

黒縁の眼鏡をかけた長身瘦軀《そうく》の丸はいま、愛想という愛想を総動員して接待に臨んでいた。

（こういう仕事は、鬼頭……貴様の領分だぞ！）

彼は内心、魔族担当特命全権大使となった同僚を呪った。愛想が必要となる仕事は、柔和な風貌の鬼頭のほうが向いているだろう。それでもいまは、日本国の運命がかかっている。恨み言ばかり考えている場合ではない。彼は全権大使エンゲルベルクトに、新しい飲み物をなににするかを聞き、また清酒の種類について懇切丁寧に解説をしていった。

文官のふたりが活発に食器を使っている一方、武官のふたり——情報幕僚アーネと清野一佐《いっさ》は、押し黙ったままである。

おそらく情報幕僚アーネは、全権大使エンゲルベルクトの監視役として付いてきたのだろう。室内では必要最低限の言葉しか発さず、運ばれてきた清酒にも最初に一口つけただけで、あとは口にしなかった。

一方、陸上幕僚監部国際協力室長の清野一佐はどうか。彼は米軍をはじめとした外国軍との調整を任務としており、もっぱらここでは、軍事的な話題が出たときの応対役として連れてこられたため、情報幕僚アーネが軍事行動に関する発言をしない限り、丸とエンゲルベルクトの会話に微笑んで、相槌を打つだけだ。

にしても、全権大使エンゲルベルクトの酒量は多い。すでに清酒を三合、四合と飲んでいる。この料亭は基本的にはコースの懐石料理となっていて、酒が出るタイミングも決まっているのだが、丸は料亭側に相談しておいて、自由に頼めるようにしていた。もちろん、酒で相手の口が軽くなることを期待しての処置である。

それにしても、と丸は訝《いぶか》しんだ。全権大使という責任ある役職に就く者は普通、その責任から酩《めい》酊《てい》するのを嫌う。正常な判断ができなくなることを恐れるし、万が一醜態を晒せば、それは個人の問題ではなく、国家の威信を傷つけることになるからだ。

「丸閣下……私はねえ、本当は……」

案の定、コース後半。鯛を使ったお茶漬けが出されたころには、すでに全権大使エンゲルベルクトは泥酔の域に入っていた。ただでさえ猫背の彼の背骨が、より丸くなっている。

やりすぎたか、と丸は思った。近年は接待するよりも、接待される側に立つほうが多かったため、加減がわからなくなっていたのかもしれない。反省しつつ、助けを求めるように情報幕僚アーネを見たが、彼女は素知らぬふりで自国大使を放置している。

あなたが制止してくれよ、と丸が内心でアーネに突っ込みを入れていると、いよいよエンゲルベルクトの頬を涙が伝った。丸はちらと隣に座る清野一佐を見た。そこには困惑の表情を浮かべたまま固まる、壮年の男がいただけだった。

「どうされましたか、エンゲルベルクト閣下」

何だって俺が酔っ払いの相手をせにゃならんのだ——そう思いつつ丸が、エンゲルベルクトに聞くと、彼はわっと号泣しはじめた。

「俺はねえ、本当は全権大使なんかになれる器じゃないんですよ。それはよくわかってます」

そりゃそうだろうな、と思いながらも丸は、フォローの言葉を探す。

が、丸がフォローを入れる前に、さらにエンゲルベルクトは喋り続けた。

「優秀なやつはみんな死んじまったんです。正統王国の外務省にはねえ、もう俺しかいないんですよ……俺しか……他国の大使館に勤めるような優秀なやつはみんなそこで行方不明です、戦火に巻き込まれて。そんで本国の俺は最後まで生き残って」

「それは……」

丸と清野は、二の句が継げない。

代わりに情報幕僚アーネが、初めて口を開いた。

「エンゲルベルクトがこのような醜態を晒し、申し訳ございません。彼の話は重い話題のように思えるかもしれませんが、我が国ではありふれている話ですから、無視していただいて結構です。

……ぶしつけで申し訳ありませんが、丸閣下のご家族は」

「……家内と息子がひとり、娘がふたりおります。長男と長女は独立して、末がいま大学生ですが」

丸の答えに、情報幕僚アーネは「そうですか」とうなずいた。

「私は七人兄妹《きょうだい》の真ん中です。そして残っているのも私だけです。珍しくもない話です。同情は要りません。小国とはいえ、もともと八百万を数えていた人口がたったの数万になったのですから、当然の現象ですね」

淡々と語るアーネの言に、清野一佐は重い口を開いた。

「種の存亡を賭けた絶滅戦争——その苛烈さ、想像さえできません」

「その絶滅戦争に貴国を巻き込むことになったこと、個人として慚愧《ざんき》の念に堪えません。ただ我が城塞都市には、これから生きなければならない赤子や幼児たちがいます。彼らが生を全うするためにも、どうか力をお貸しください」

言い切ったアーネを前にして、丸はうなずきながらもその内心では身勝手な連中だと唾棄した。ならばこっちも好き勝手にやらせてもらう。自国の利益を優先するのが政治だ。日本国民の生命を守るためなら、魔族と手を結んで正統王国を切ることに躊躇いはない。同情の手を差し伸べて引きずりこまれた末に、正統王国と同じ運命を辿《たど》っては目もあてられない。

「もちろん、利害関係で動くのが政治です。できうることならば貴国は我が国ではなく、魔族陣営と手を結びたいと思っているはず」

その丸の内心を読むように、アーネは言った。

「ですが人類と魔族の闘争は、利害を超越しています。利権を巡る人類間の戦争とは違います。人類と魔族は、決して相容《あいい》れません。講和は諦めてください。先の航空戦で大損害を被った魔族陣営も——少なくとも、魔王直轄軍は貴国との講和など選択肢にないはずです」

アーネは箸を器用に使って、茶碗から鯛の切り身を取り上げた。

「これの社会権を、あなたがたは認められますか？」

「…………」

「……要は、そういうことです」

丸は鯛の切り身がなにを指しているのか、その比喩を理解することができなかった。そもそもそれが比喩なのか……。

「頼みます、仇を討ってください。虐殺の憂き目に遭った約二十五億の人類の仇を、正統王国八百万の生命の対価を、奴らに贖《あがな》わせてください！」

考える間もなく、エンゲルベルクトが騒ぎはじめたために、丸は退店を決めた。


翌日、エンゲルベルクトが正統王国在日特命全権大使に任ぜられた理由を、丸は悟った。

その理由は、単に外務省の人間が全滅したからだけではない。とにかく彼は官僚らしくない——つまり、実直で、感情的な人間だった。だから正統王女に選ばれたのだ、と彼は理解した。

特ダネを求める記者の直撃取材を受けたエンゲルベルクトは、正直に泣き笑いして、最後にはメディアの前にいるはずの日本国民に懇願した。プライドもなにもない。ただ真っ直《まっす》ぐに自国の窮状を明かし、男泣きして援助を願う。

正統王国在日特命全権大使エンゲルベルクトの家族構成は、すぐに日本国民の知るところとなった。正統王国軍第二空戦魔導戦隊の下士官だった長男は王都防衛戦にて戦死、正統王国軍に徴用された医師の次男は戦闘に巻き込まれ行方不明。父と同じ外交官となった長女は、駐在先の他国が魔王直轄軍により電撃的に占領されて以降、連絡がつかなくなった。そして彼の妻は、魔王直轄軍航空艦隊の空爆に遭って焼死――奥歯と大腿骨《だいたい》しか残らなかったという。

「向こうはなかなか手強《てごわ》いね」

休憩室のテレビを見ながら、昼飯の仕出し弁当をつついていた丸は、他の外務官僚にそう話しかけられた。

丸はああ、とうなずかざるをえない。

前述したが、日本国民の大半は正統王国に同情的だ。もちろん、相手のメディア戦略が効いているのもある。だがしかし、なによりも情勢が正統王国側に対し、追い風となっていた。犬吠埼沖航空戦の大勝を経て、「戦えば勝つ」と楽観的に考える雰囲気が一般人どころか、関係省庁の一部官僚たちの間でも生まれはじめていた。ネット上では、黒鉄公の虐殺に対する報復を叫ぶ声もある。

「上はマスコミに圧力をかけているみたいだが……どうもうまくいっていないみたいだな」

他の外務官僚も、話に入ってきた。

「佐久間公安委員長なんかは、印刷紙が配給制になった暁には覚えてろよ、と絶叫したらしい」

日本政府は記者クラブを通じて、大手メディアに圧力をかけ、その報道をある程度コントロールすることができるとされる。が、神出鬼没の正統王女は、国内動画サイトの政治系チャンネルやメールマガジンの取材にまで応じており、これを引用する形で大手メディアも追随し、正統王女の主張を垂れ流しているのが現状であった。

「…………」

仕出し弁当の鮭《さけ》を口の中へ運びながら、男泣きするエンゲルベルクトを取り上げるお昼のワイドショーを、丸はぼうっと眺めていた。仮に同じことを外務官僚がやっても、寒いパフォーマンスと見做されるのがオチだろうな、などと考えながら。

「おい！　テレビなんか見てる場合かよ！」

昼飯を食べ終わった一同が、一服しようと喫煙所へ向かおうとしたとき、休憩室に血相を変えた外務官僚が飛び込んできた。

国保朝日ヶ丘中央病院の厳戒な警備体制は、現在も強化され続けている。

前述のとおり、院内の要所には陸上自衛隊特殊作戦群と千葉県警第二機動隊の私服隊員たちが配置され、入院中の魔族の傍には警視庁警備部警護課員が警護にあたっている。

そして院外周辺では千葉県警旭警察署員たちが、不自然にならない程度に警戒線を張り、不審車輌や不審者を事前に阻止できる態勢を敷いた。

　また国保朝日ヶ丘中央病院から五百メートルしか離れていない自衛隊千葉地方協力本部には、特殊作戦群をサポートする人員や重火器が到着。さらに病院から数キロメートル東方に位置する海上自衛隊飯岡受信所の敷地内には、九六式装輪装甲車をはじめとする陸上自衛隊の装甲車輌が、出動準備を整えて待機している。

　だが、国保朝日ヶ丘中央病院は民間病院だ。敷地内に防御陣地を構築することはできないし、戦闘ともなれば非戦闘員を巻き込むことになってしまう。そのため魔族の回復を待ってから、彼女は内陸の医療施設へ転院することになっていたが、結局のところ自衛隊病院や警察病院も一般開放されているため、攻撃の標的となる彼女の収容には適さない。しかたがないので現在、自衛隊中央病院の協力を得て、下志津駐屯地（千葉県千葉市）に医療機能を充実させた収容施設を設置する計画が進められていた。

　ともすれば首相官邸よりも厳重な警備体制——そしてその渦中の人物が、覚醒した。

「ん……っ」

　翼竜騎兵シュティーナが持つ紺碧の瞳を衝いたのは、人工灯が放つ光線と天井の純白であった。続いて自身の身体が、清潔な寝具と快適な室温に包まれていることに気づく。明らかに既知の場所、例えば翼竜騎兵用の兵舎ではない——ほんの一瞬だけ混乱した彼女であったが、すぐさま途切れ途切れに衝撃と激痛から成る記憶を思い出した。

西方海域航空戦。

前方から飛翔してくる噴進弾を急降下で回避しようとしたがかなわず、おそらく噴進弾が相棒の翼竜、ファルナの腹部で炸裂した。さらにファルナの腹膜をぶち破ったいくつかの敵弾破片が、自身の両脚に突き刺さったのだろう。凄まじい激痛に襲われたのを、覚えている。その瞬間は苦痛に耐え、感情を制して恐慌一歩手前で理性を保ったものの、ファルナは即死したか、呼びかけには答えなかった。そしてそのまま失速し、海面に叩きつけられた瞬間まで記憶がある――が、いまこうして文明の腕《かいな》に抱かれている、ということは助かった、ということだろう。

「あっ、お目覚めですか?」

自身の生命が失われていないことに安堵して、幾度か瞬きをしていると突然声をかけられた。訛《なま》りもない丁寧な魔族語の発音である。シュティーナはほとんど無警戒にうなずくと、顔を傾けて視線を彷徨わせた。

「よかった……。でも、しばらくは横になっていてくださいね。いま先生を呼んできますから……ご気分はどうですか」

すぐにシュティーナの視線は、桃色がかった純白の長衣《ながぎぬ》に身を包んだ女性にぶつかった。彼女はおそらく、野戦病院付きの衛生兵だろう。そうあたりをつけたシュティーナは、彼女のにこやかな笑顔に釣られて、微笑した。

「大丈夫だ」

「そうですか、よかったです」

衛生兵の明るい声に、シュティーナはほっと安堵のため息を漏らした。愛想のいい衛生兵に当たったことは、歓迎すべき出来事である。

ただ気になったのは、彼女の外見から種族の判別ができないことだった。衛生兵科で活躍する種族は、長寿ゆえに知識や経験を積み上げやすい耳長族や、手先の器用な小人族、外科手術では高い視力の単眼族……等々、多種多様だ。

だがしかし、魔王直轄領に生きる亜人の間では、亜人特有の身体的特徴をあげつらったり、初対面で種族を質問したりするのは失礼にあたる。そのためこのとき、シュティーナは衛生兵の彼女に対して、種族名を問うことはしなかった。

「あ、しは」

シュティーナが次に気になったのは、自身の脚のことだった。

なにせ複数の金属片が突き刺さったのだ。墜落前には傷口が腐敗し、敗血症になるかもしれない、とどうにもならない心配をした。両脚の感覚があるため、現時点では切り落とされたりはしていないようだが――。

しかしシュティーナの問いに対しても、女性はにこやかに答えた。

「大丈夫ですよ、手術には成功しました。リハビリをしたらすぐ歩けるようになりますよ」

「あ、りがとう」

「それでは先生を呼んできますから、少々お待ちくださいね」

リハビリ、という言葉の意味はわからなかったが、衛生兵科の隠語かなにかであろうと思って、シュティーナは気にも留めなかった。彼女はそのまま、衛生兵の背中を見送る。

さて。衛生兵が出ていくと、シュティーナにはすることがない。首を回しても、ベッドの周囲は分厚い白のカーテンに仕切られており、部屋全体の構造はわからなかった。だが、カーテンの向こう側に他者の気配をいくつか感じることから、おそらくは個室ではなく、部屋全体をカーテンでいくつか区切り、負傷者複数人を収容しているのだろう……そう彼女は考えた。

（やはり日本語が通じる、か）

一方、分厚いカーテンの向こう側に待機する警視庁警備部警護課の警察官たちは、心穏やかではない。

覚醒と同時に彼女が暴れ出すこともなく、私服の内に隠した自動拳銃を使わずに済んだのは良かったが。

が、この後はどうなることか。

魔族が対話可能な理性ある存在だとわかった以上、捕虜《かのじょ》を利用した講和の可能性が俄然《がぜん》出てきたが、それゆえに警備上の心配は尽きない。

その後、シュティーナは特に抵抗することもなく医師の診察を受けた。

結果は良好――これは事前にわかっていたことではあった。

なにせ魔族の身体構造や血液組成を調査するため、所轄の省庁から直接指示を受けた病院側は、意識を取り戻す前の彼女を様々な検査にかけていたからである。ちなみに脾臓《ひぞう》がやや大きいことを除いて、シュティーナの身体構造や血液組成は、ほとんど一般的な日本人のそれとほぼ同一であった。

最後に医師が食事を希望するか尋ねると、シュティーナは「頼む」とうなずいた。

「認識票を拝見いたしました。魔王直轄軍第一航空艦隊、第二二翼竜騎兵大隊のシュティーナさん、ですね」

そして医師の診察後、いよいよ病室にひとりの男が現れた。『外』の字を崩した意匠のバッジと、ブルーリボンバッジを付けた鈍色のスーツを纏い、青ネクタイを固く結んだ初老の男は、人当たりの良さそうな柔和な表情をさらに破顔させて名乗った。

「私は日本国外務省魔族担当特命全権大使、鬼頭五十七と申します」

それから流れるように彼はベッド脇に椅子を置いて、そこに腰かけ、上半身を起こした翼竜騎兵シュティーナと相対した。

一方の彼女はこの瞬間に、ここが魔王直轄軍の野戦病院ではなく、まったくもって別組織の医療施設であることに気がついた。衛生兵や医官があまりにも訛りのない魔族語を流暢《りゅうちょう》に話すものだから、てっきり魔王直轄軍の医療施設にいるものだと勘違いしてしまっていたのである。

面食らったシュティーナだが、とにかく感謝の意を伝えることに決めた。

「魔王直轄軍翼竜騎兵科、第一航空艦隊第二二翼竜騎兵大隊所属のシュティーナであります。この度はこの身を救護していただき、ありがとうございました。中央大陸条約の履行、そして人外魔族の絆に感謝いたします」

「とんでもないことです。我々はハーグ陸戦条約やジュネーブ条約をはじめとする諸条約、そして国内法の武力攻撃事態及び存立危機事態における捕虜等の取扱いに関する法律に基づき、貴官を保護いたします。なにか過不足があれば、遠慮なくお申しつけください」

にこにこと微笑みを湛えながら、腰低く答える鬼頭。

だが、一方のシュティーナは緊張した面持ちで、「失礼ですが」と前置きしてから続けた。

「人外諸族の相互防衛協定——中央大陸条約に、日本国は加盟されていたでしょうか」

翼竜騎兵は判断力と空戦関係の専門知識、他種族の地上軍と連携するための異種間知識が必要とされるため、養成時の座学教育の時間は他兵科よりも長い。

だが、その翼竜騎兵シュティーナを以てしても、人外諸族が対人類戦争で協力することを確認した多種族間条約となる中央大陸条約に、日本国が加盟していたか、記憶が定かではなかった。

対する鬼頭は、一瞬どう答えるべきか迷ったが、正直に返答した。

「我々日本国は、その中央大陸条約には加盟しておりません。荒唐無稽な話に思えるかもしれません。私もいまだに信じられないのですが、日本国は他の世界からこの世界へと転移してきたのです。そして運悪く、数日前に初めて貴官が所属する魔王直轄軍と交戦状態に入りました」

それでようやく、翼竜騎兵シュティーナは合点《がてん》がいった。

「日本国はあらたに出現した人類国家、か。貴国軍の超音速飛行機械には苦しめられたよ」

苦々しげに言い放ちつつ、翼竜騎兵シュティーナは身体を身動《みじろ》ぎもさせないまま、翼竜騎兵科で定められている救難信号を魔力波で発した。室内の構造の全貌がわからないが、この部屋に窓があれば、魔王直轄軍のどこかの部隊まで救難信号は届くであろう。

「我々日本国は貴軍が航空攻撃を仕掛けてきたために、やむなく自衛権を発動し、自衛のために必要最低限度の武力を行使しました。しかしながら我が国は、これ以上の交戦状態の継続を望んでいません。我々は即時停戦し、平和条約締結の準備を開始する用意があります」

（やはり日本国の人間は魔力を感知できない、か。だから彼らは純粋な科学物理を極め、魔力に依存しない超音速飛行機械を開発するに至った――）

鬼頭の話を聞きながら、シュティーナはただただ思考を巡らせていた。

これは情報収集の好機だ。あらたな脅威である日本国に関する情報を手に入れ、少しでも今後の対人類戦争に寄与する。それがあらたな任務だ、と彼女は自身の行動方針を決めた。

この時点で彼女に休戦や講和に協力するという考えは、いっさいない。

「シュティーナさん、あなたには是非とも我が国と貴陣営との橋渡しになっていただきたい」

鬼頭の申し出を無視して、シュティーナはさらに魔力波を発射した。

――こちらは第一航空艦隊第二二翼竜騎兵大隊所属、シュティーナ。私は現在、人類国家『日本国』を名乗る勢力に捕らえられている。驚くべきことにこの人類国家『日本国』の公用語は、標準的な魔族語であるようだ。そのため情報収集は容易に行えるだろう。ちなみに日本人による身体的危害は、いまだ加えられていない。心配は無用だ。現在のところは。

「魔王直轄軍第一航空艦隊の攻撃は失敗。特別偵察班の報告では、百騎以上が未帰還とのこと」

「超音速翼竜騎兵約二千騎を擁する第一航空艦隊が大敗とは……魔王直轄軍参謀総長閣下からは、被害に関しては何の発表もないが」

魔族が占領した正統王国王都――その郊外の森林地帯にて、鳥翼族の秘密会議が始まっていた。

前述のとおり、人外陣営は一枚岩ではない。魔族攻囲軍百万は、複数の人外諸族が集結した連合体に過ぎず、諸族はみな自陣営の利益のために動いている節がある。そのため彼らは魔族攻囲軍の戦勝、敗戦、そのひとつひとつを分析しては、自陣営内で会議を行うのが常となっていた。

そして今回の第一航空艦隊の大敗と、翼竜騎兵シュティーナの遭難信号。このふたつは魔族攻囲軍に参加する人外諸族の首脳たちを動揺させた。魔王直轄軍に痛手を負わせ、かつ魔族を捕虜として生かしておくあらたな人類国家の出現。それは彼らに去就を迷わせることとなった。

「参謀総長閣下から発表がないのは、やはり我らの離反を恐れての処置でしょうか」

鳥翼族の議場は、高さ二百歩間（約百メートル）にも届こうかという大樹の枝先。

彼らのリーダーは人外諸族軍事会議にも参加していた大鷲だが、実際には彼自身に部族全体をまとめるような強権はない。彼ら鳥翼族は勝手気ままな性格の者が多いため、伝統的にゆるやかな共同体しか作られないのである。

またその気性から鳥翼族は編隊を組み、他者と情報を共有しながら連携する現代型航空戦は苦手としており、もっぱら単騎での敵地潜入による情報収集や、破壊工作といった非正規戦を得意としていた。そして彼らの工作活動は人類陣営に対してのみならず、友軍であるはずの魔王直轄軍に対しても行われていた。実際、西方海域航空戦では、隠密性の高い鴉《からす》たちが、戦域周辺や航空基地近辺に広く展開し、戦況を逐一報告していた。それもこれも、鳥翼族が生き残るために他ならない。

「あとでなにがしかの発表はあるはずです。数百騎が参加した大規模な航空作戦ですから、そのままなかったことにできるわけがありません」

索敵用魔力波を吸収してしまう漆黒の羽毛。情報収集に精通する鴉たちを取りまとめる、巨大な鳥翼族の影鴉《えいあ》が、この会議では重要な位置を占めている。大鷲や大軍鶏《しゃも》のような武闘派の鳥翼族は、彼の報告をもとに戦略や戦術を練ることが多い。鳥翼族の中には暗黙のうちに分業体制があり、種々がお互いを信頼して結びついているのだった。

「人類軍飛行機械の損耗程度はわかるか?」

「信天翁《あほうどり》ら水上偵察班の報告では、撃墜されるのは翼竜騎兵ばかりであったとのこと。また、海上には艦対空噴進弾を有する水上艦艇が配備されていたそうです」

むう、と大鷲や大軍鶏、戦隼《せんじゅん》、早贄百舌《はやにえもず》といった武闘派の鳥翼族たちは唸《うな》った。認めるのは悔しいが、超音速翼竜騎兵数百騎による攻撃をほとんど無傷で凌いだ相手に、自分たちが真正面から挑戦して無事で済むとは思えなかった。

「やはり参謀総長閣下の参戦依頼を蹴って正解だったか」

大鷲の口調には、安堵が混じる。鳥翼族の飛翔速度は、亜音速域にも達さない。飛行しながらの魔導戦も苦手である。森林や山岳地帯、市街地といった地の利を活かせる戦場ならともかく、遮蔽物のない大洋では戦いようがなかった。

「それと、もうひとつ。不確定情報があります」

それから影鴉は「自分も信じられないのですが」と前置きしたうえで、切り出した。

「竜王軍軌道爆撃竜団に属する火竜の一柱、黒鉄公が戦死したようです」

馬鹿な、と深紅の鶏冠を持つ大軍鶏が頭を振った。

「あの鼻持ちならない身の程知らずが……だが黒鉄公とて火竜だぞ」

大軍鶏をはじめとする武闘派の鳥翼族たちは、黒鉄公をよく知っていた。高慢かつ好戦的な性格で、大空舞う鳥翼族に対してなにかと難癖をつけてきた奴だ。あまり頭が切れるほうではないが、その実力は本物である。鋼鉄の竜鱗で全身を武装し、魔力操作にも長けている。魔力分裂により生み出した膨大な熱エネルギーをひとたび解き放てば、地形さえ変えてしまうことを鳥翼族たちは知っていた。

その黒鉄公が人類に討ち取られるとは、到底考えられるものではなかった。鳥翼族たちの常識からすれば、衛星軌道上から爆撃を仕掛けることができる火竜は、科学文明の通常兵器によって撃破できる存在では到底ない。

と、なれば。

「人外諸族軍事会議では、禁忌【勇者召喚】により飛行機械と航空基地が召喚された可能性がある、と話が出たが……本当に勇者を召喚したのかもしれん」

大鷲が口にした、勇者という言葉に場が凍りついた。世界の理から外れた、異世界決戦存在。魔力操作による大量破壊魔導を無制限に行使できる絶対的強者。比喩ではなく、天地創造さえできる怪物——彼からすれば、火竜などただの羽虫にすぎない。生体細胞を破壊し尽くして単なる肉塊に変えてもいいし、あるいは恒星へと転移させて焼き殺してもいい。

「——古い、古い物語。かつて人々は天から降る星の光を浴びて、餓えることも、争うこともなく暮らしていました」

議場でも歳《とし》が若い戦隼は、無意識のうちにぽつりぽつりと語りはじめていた。

「ところがある日、空より【災厄】が訪れました。人々は戦う術を知らず、やむなく争いを知り尽くし、世界の理から外れた勇者を呼ぶことにしました。これが【勇者召喚】、です」

勇者とは半ば御伽話《おとぎばなし》の登場人物、伝説にすぎない——そう考えている魔族もいるが、彼らは勇者伝説を信じていた。

「勇者の存在は確認できておりません」

浮き足立つ鳥翼族の面々に対して、影鴉は冷静になるよう訴えた。彼は勇者が現代に現れたとは考えていない。仮に勇者が召喚されたのだとすれば、こうしてのんきに話ができているはずがないからだ。……もちろん、いまだ異世界召喚されたという状況に慣れず、自分自身の力を制御できていない可能性もあるが。

しかし影鴉はまだ影も形もない存在に、おびえたくはなかった。

「あくまで黒鉄公は、科学文明の通常兵器によって撃破されたものと思われます。おそらく正統王国は禁忌【勇者召喚】を転用する形で、異世界人類国家を召喚したのではないでしょうか」

「わかった。ご苦労、引き続き情報収集を——」

大鷲がうなずいて、今後の方針を話し合うべく話題を変えようとした瞬間、影鴉は若干早口で「意見があります」と申し立てて遮った。

周囲の鳥翼族たちは、諜報畑の鴉が意見とは珍しいな、と奇異の目で彼を見た。

そして彼の口から、爆弾発言が飛び出した。

「我々鳥翼族は魔族攻囲軍に身を寄せつつ、異世界人類国家『日本国』との講和を試みるべきです」

一瞬の沈黙。その場にいる誰もが困惑し、首を傾げ——そして激昂した。

「影鴉、正気か⁉　人類科学文明、飛行機械の威力を前にして日和ったか！」

「我ら鳥翼族と人類の共存などありえん！　我らの定めはふたつにひとつ！　人類殲滅を成し遂げるか、我ら鳥翼みなことごとく人類の肉屋に並ぶか、だ！」

「鉄籠の虜囚となり、雌は一生涯卵子を獲《と》られるためだけに生かされ、雄は繁殖と賭博目的の闘争のために飼育される！　そして残虐極まる彼らは、我ら同胞の肉片を金銭でやりとりして食らうッ、講和して勝利を逃せば、最後には惨憺《さんたん》たる運命が待っている！」

鳥翼族を狩猟対象の野禽《やきん》、利用対象の家畜と見做す人類と、自由を愛する鳥翼族が相容れるはずがない。たとえ異世界人類であっても、人類である以上は鳥翼族に対して非道を働くのは間違いないだろう、というのが彼らの見解であった。野蛮極まる人類は、鳥翼族のような純粋魔族とは異なる。大気圏外から降り注ぐ魔力線から人体を構成するのに必要な栄養素を作り出すことができないため、必ず魔族を食らわなければ生きていけない存在だとされている。

そして仮に飛行機械と航空基地——そしてそれを駆る異世界人が、【勇者召喚】によって召喚された存在だとすれば、いよいよ鳥翼族はそれを殲滅しなければならない。

「伝説では、【災厄】を撃ち滅ぼした異界の勇者はなにをしたか!?」

鳥翼族の首領、大鷲は鋭い視線を影鴉に向けた。問答を間違えれば、すぐさま八つ裂きにされるであろう剣呑《けんのん》な空気。だがしかし、影鴉はよどみなく答えた。

「……自身の空腹を満たすため、我ら鳥翼族をはじめとする純粋魔族を生み出しました。肉と卵を食事という残虐行為に供するために」

影鴉の答えに、「そうだ」と大鷲はうなずいた。この世界を訪れた勇者の大罪は無数にある。そのうちのひとつが、食肉用というおぞましい目的のために幾多もの魔族を生み出したことであった。

「このとき数多くの人外諸族が生み出され、そして勇者と勇者が作った人類によって消費される宿命を背負わされた。もし【勇者召喚】により現れた異世界の飛行機械や、航空基地の主が勇者と同じ価値観の持ち主だとすれば、我らは講和よりも名誉ある死を選ぶべきであろう」

有無を言わさぬ調子で、大鷲は漆黒の鳥翼族に告げる。それは影鴉を除く、鳥翼族首脳陣の総意でもあった。他種族の奴隷化を厭《いと》わない者どもと交渉するなど、ありえない。

が、議場に満ち満ちた殺意を、影鴉は撥《は》ね退《の》けた。

「名誉ある死、など自己満足に過ぎません！」

「なにを――」

「我ら鳥翼族はたとえ異世界人類に媚びを売ってでも、生き残りの道を探るべきです！　生きてこそ未来に次代を残すことができる。いまから日本国と接触して協力を申し出れば、その見返りとして好条件を引き出せるかもしれません！」

生きてこそ、という言葉を前にして他の鳥翼族たちは沈黙した。誇りを掲げて全滅するのはたやすい。鳥翼族の戦士たちは嬉々として一矢報いるために戦場へ向かい、そして死んでいくだろう。だが、自領に置いてきた幼子たちはどうだろうか。……彼らに死を押しつける決断を下すなどということは、大鷲以下の鳥翼族首脳陣にはできなかった。

「我らの仇敵《きゅうてき》と手を組むか」

大鷲の口調には、無念さが強く滲《にじ》んでいる。鳥翼族という種に力があれば、こうした姑息《こそく》な立ち回りをしなくて済むのだが、現実は理想を貫けるほど甘くはない。

「だがしかし、奴隷種族として我々を創造し、そして面白半分に亜人を生み出した異世界の勇者。そして禁忌【勇者召喚】によって出現した、此度の異世界人類国家日本国。このふたつに関係性があるのならば、我々は交渉を諦めるほかないだろう」

「それについてはまだわかりません……ですがおそらく他の種族たちも、いまごろは日本国との講和をも視野に入れた議論をしているに違いありません。我々も情報収集を密にして、判断材料を集めるべきかと」

影鴉の言葉は正しかった。

いま魔族攻囲軍に参陣している勢力のほとんどは、裏で魔王直轄軍とあらたな人類国家を天秤《てんびん》にかけはじめている。魔王が治める直轄領の国力と軍事力を信じ、従来どおり彼らに全面協力していくか。それとも日本国なる勢力に媚びを売り、好条件を引き出すか。

その後も鳥翼族たちは協議を続けたが、去就は決まらなかった。が、今後の方針は決まった。

「交渉を試みるか否かは、翼竜騎兵シュティーナがもたらす情報次第」

まず魔族に対する日本国のスタンスが、彼らにとっては重要であった。魔族に対して苛烈な人類至上国家であるならば、交渉など望むべくもない。

「現在、我が正統王国軍を中核とする人類軍は、日本国千葉県銚子市犬吠埼より約三百七十キロメートル東方――中央大陸最西端に位置する城塞都市郊外にて、魔族攻囲軍と交戦中です」

合同庁舎の一室にて情報幕僚アーネ・ニルソンは、正統王国をはじめとする人類がおかれている戦略的状況を説明していた。

それを聞くのは、正統王国担当特命全権大使の丸信之介をはじめとする外務省職員、防衛省の代表者たち。そして東京都心被災により、通常国会が一時休会状態に陥ったため、ちょうど手隙になっていた木下外相と米原防衛相もその場に出席していた。

「先程配布いたしました資料のとおり、城塞都市の立地は、我々防衛側に有利に働いています。西方には大海原が広がり、南方は大海へ注《そそ》ぐ大河が横たわっています。そのため我々人類軍は北部と東部の限定された空間に、戦線を構築して魔族攻囲軍を阻止することができている状況です」

正統王国の人間による人魔絶滅戦争の戦況説明は、正統王国側も日本側も両者が望んで実現したものであった。

正統王国側とすれば、日本側に危機感を持たせ、重い腰を上げさせる格好の機会になる。

そして一方の日本側もまた、正統王国側からの戦況説明を歓迎した。が、彼らの事情は正統王国側ほど単純ではなかった。外務省は正統ユーティリティ王国に対して、交渉開始に乗り気であるというポーズを見せる好機、と考えていた。実際のところ彼らは、正統王国と友誼を結ぶことよりも、魔族陣営との休戦・講和を重視しており、今回の戦況説明も魔族陣営との休戦・講和が実現するまでの、正統王国に対するただの時間稼ぎに利用しようとしているだけである。

他方、防衛省はまた別の思考をしていた。

仮に魔族陣営との休戦が成立しなかった場合、陸海空自衛隊の海外派遣は必須となる。例えば現代における空の守り——いわゆる航空優勢は、飛来する敵機を撃ち落とせば維持できるものではない。敵機が駐機する敵航空基地を攻撃して、それで初めて敵航空戦力の脅威を完全に取り除けた、と言えるのだ。

だが、陸海空自衛隊は従来、専守防衛をもっぱらの任務としてきた組織である。敵地攻撃に関しては、ただでさえより一層の研究が必要であり、また実際に魔王直轄軍第一航空艦隊の前線基地に攻撃を掛けるとなれば、所在や敵基地の防空能力を確認し、正統王国軍と連携することが必要不可欠となる。

休戦が成立しなかった場合、今後も防衛戦争の遂行を任せられるかもしれない防衛省——中でも統合幕僚長以下制服組としては、正統王国側が握っている戦略的・戦術的情報は喉から手が出るほど欲しかったのであった。

「東部戦線は正統王国軍第一軍約三万名が、北部戦線は正統王国軍第九軍約一万五千名が守りに就いています。また多国籍軍と正統王国軍近衛《このえ》師団《しだん》約一万が治安維持を兼ねた予備戦力として、市街地に配置されています」

日本側の人間は情報幕僚アーネに渡された地図に目を落としたまま、無言で彼女の話に耳を傾けていた。

前述のとおり城塞都市の立地は、大海と大河に囲まれた岬のような地形にある。そのため攻め手からすれば、西側、南側に大規模な陸上部隊を展開させるのは難しい。纏められた資料には、水棲《すいせい》系の魔族から成る魔王直轄軍海兵隊が強襲上陸を試み、城塞都市に対して西部戦線・南部戦線を開こうとした事例が載せられている。が、このときは強固な橋頭堡《きょうとうほ》が海兵隊によって築かれる前に、正統王国軍近衛師団が水際撃滅に成功したらしい。

また城塞都市の北側も海岸線が内陸まで割り込んでいるため、北部戦線の正統王国軍約一万五千名を圧倒する兵力を、魔族攻囲軍は展開できないようだ。

つまり攻防激しい主戦場は魔族攻囲軍が数的優位を活かせる、地上戦力を展開しやすい東部戦線ということになる。

が、その東部戦線。彼我の戦力比については、想像を絶するほどの隔絶があった。

「現在、東部戦線の正統王国軍第一軍約三万が相対しているのは、魔族攻囲軍軍集団約百万です」

ベルリンかよ、と誰かが思わず小声で呟いた。

戦力比にして、一対三十三。装備や錬度を度外視した単純な頭数の比較にすぎないが、圧倒的な数的劣勢に誰もが絶句した。さらに千数百騎から二千騎の作戦騎を有する航空艦隊を、彼ら魔族攻囲軍は複数有している。そうした航空戦力を加味すると、どう足掻いても勝てないのではないか。

「降伏が許されるだけ、ベルリンのほうがマシかもな」

動揺からざわめく場内で、幾人かの防衛省職員はそう囁《ささや》き合った。

なぜそれだけの戦力差がありながら、降伏を選ばないのか。そう聞くのは愚問だと、誰もがわかっていた。この世界における人類と魔族の闘争は、地球で行われたいかなる大量虐殺よりも徹底した絶滅戦争――そしてそこに飛び込んでいく勇気も、飛び込んでいくことで得られる利益も、日本国にはいっさいないことは、火を見るよりも明らかだった。

「質問があります」

ひとりの防衛省職員が手を挙げた。

「城塞都市の生産能力の程度はわかりませんが、都市内の食料品や武器弾薬の備蓄は十分なのでしょうか。また我々の支援なしに防衛線を維持していられる期間は、あとどれくらいと見積もられていますか？」

その点は閣僚から高級官僚、誰もが気にしている関心事であった。

対魔族講和が流れた場合、自衛戦争に責任を持たなければならない防衛省職員からすれば、正統王国と連携を開始するデッドラインを知る必要があったし、外務省職員とすれば相手のそれを知ることは交渉の材料になる。

「資料の三十一ページをご覧ください。これが城塞都市の生産能力です」

そして日本側の意図を理解しているであろう情報幕僚アーネだが、彼女は素直に答えた。

「城塞都市は、無際限に広がる地下迷宮《ダンジョン》を転用した工廠《こうしょう》と、上下水道を備えています。これにより銃砲弾、小火器、飲料水、その他必要最低限の物資の調達を可能としています。食料品の備蓄も十分です。ただ兵員、大口径火砲、航空戦力の補充が利かないことから、我が正統王国軍を筆頭とする人類軍の防勢は、おそらくあと一月で限界点を迎えます。保っても二月かと」

彼女の回答に官僚たちは目配せし合い、小さくうなずいた。

あと一月で日本国の去就を決める。決めざるをえない。魔族と講和して、この世界の人類を切るか。それとも、いまは魔族との講和を諦めて正統王国軍と連携し、敵地攻撃も含めた自衛戦争を続けるか。

さすがに一ヵ月、二ヵ月と結論を先延ばしにして、城塞都市が陥落、人類拠点が大陸に皆無の情勢でアクションを起こしていく度胸など、日本政府にはなかった。

「ありがとうございます」

質問をした防衛省職員が、感謝の言葉を口にする。

それから再び情報幕僚アーネの説明が始まる――と思いきや、彼女は押し黙ったまま閣僚、外務省官僚、防衛省官僚、ひとりひとりの顔をその漆黒の瞳に映した。

それから静かに切り出した。

「こちらからもひとつ質問をさせていただきます。みなさん、魔族を匿《かくま》いましたね？」

答えがわかっているのだろう。アーネのそれは単なる質問ではなく、詰問に近かった。

だが海千山千の外務省官僚たちや、防衛省の背広組たちはみな揃って困惑の表情を作り出し、あるいは「質問の意味がわからないな」と白々しく周囲の職員と囁き合ってみせたし、防衛省の制服組はただ無表情のまま、アーネと視線を合わせ、動揺を外に表さなかった。

……良くも悪くも人の好《よ》い木下外相は、目が泳いでしまっているが。

「魔族を匿った。申し訳ありませんが、質問の意味がわかりません」

黒縁の眼鏡を掛けた長身痩軀の男――正統王国担当特命全権大使の丸信之介が、困惑の表情と声色を作って答える。

だが対するアーネは、突き放すように言い放った。

「白を切る必要はありません。ほんの数時間前――あるいはそれよりも前から、複数回に亘って千葉県北東部、旭市より不審な魔力波が発信されています。指向性が強く、東京にいる私には内容まで解析はできませんでしたが。まさか日本人の入院患者が、魔力波を打てるはずもない。あなたがたは先の犬吠埼沖航空戦で魔族を捕獲し、旭市の病院で治療しているのではないですか？」

「何のことだか……」

と、言っておきながら、これは知らぬ存ぜぬでは通らないと丸は感じた。魔力波だか何だか知らないが、どうやら向こうには証拠があるらしい。しっかり魔族《かのじょ》を管理してくれよ、と彼は魔族担当特命全権大使の鬼頭を恨んだが、時すでに遅し、であった。

「これは人類に対する背信行為です」

情報幕僚アーネは、冷酷に告げた。

「そしてなによりもあなたがたが守るべき、日本国民を危険に晒す行為です。捕獲した魔族を、即刻我が正統王国軍に引き渡していただきたい。……それができないというのなら、我々情報部工作員が直接出向き、当該魔族を処理いたします」

情報幕僚アーネの強い語気に、いよいよ高級官僚たちのとぼけ顔も崩れて果て、しかめ面へと変わった。単なるブラフではない。冷徹な眼差《まなざ》しを一同に投げかける情報幕僚アーネ――彼女はやる、と言えばやるのだろう。それはこの場に居合わせた誰もが、共通して抱いた見解であった。

訪れる沈黙。高級官僚たちが誰ひとり発言しようとしない中、「いいですか」と情報幕僚アーネは諭すように告げた。

「いまこうしている合間にも、貴国が生かしている魔族は収集した情報を、魔力波に乗せて垂れ流していることでしょう。それとも彼女が、陳腐な世間話に興じているとでも思いますか？　彼女を通して情報が流出し、あなたがたの持つアドバンテージが、刻一刻と失われている可能性がある。

それを認識したうえで、先程の小官の質問に答えていただきたい」

日本政府に対する嫌がらせを行動原理のひとつとする正統王女とは異なり、このとき情報幕僚アーネは、より実際的な理由から強硬な態度を取っている。

個人的な魔力の出力限界にもよるが、一般的な魔族や人類軍魔導兵でさえ、数キロメートル、数十キロメートルの距離ならば余裕で魔力波による遠隔通信が成立する。さらに魔力波による通信技能に優れた艦隊水兵や、翼竜騎兵になれば、より遠方――東方三百七十キロメートル先の魔族攻囲軍の部隊まで、情報を伝達することができるのである。

実際のところ、千葉県北東部から発信されている魔力波の内容は不明であり、戦略的・戦術的には何ら寄与しない単なる救難信号かもしれない。だがしかし、魔族が病院内で積極的に情報収集に動き、情報を横流ししている可能性もある以上、アーネとしては看過できなかった。

だが、そのあたりの危機感が外務省の官僚にはいまいち伝わらなかった。彼らからすれば、情報幕僚アーネは、外務省職員と捕虜の交流によって、日本国と魔族陣営が単独講和を実現する可能性を恐れており、そのために捕虜を引き渡すように要求してきているようにしか思えないのである。

であるから、彼ら外務省の官僚たちは捕虜を引き渡すつもりは、さらさらなかった。が、返答次第で正統王国側がどう出るか読み切れないため、返答できずにいるのである。

「……現在、千葉県旭市にて治療を受けている魔族の引き渡しは、お断りいたします」

乾坤一擲《けんこんいってき》、伸るか反るか口を開いたのは、木下外相であった。

「捕虜の扱いに関する諸国際条約に加盟し、国内法の武力攻撃事態及び存立危機事態における捕虜等の取扱いに関する法律を持ち――そして基本的人権を尊重し、平和主義を貫く我が国は、捕虜となった魔族を人道的に待遇しなくてはなりません」

誠実さの権化というべき木下外相の反論は、甚だまっとうなものだった。

言うに及ばず、日本国は独立した法治国家だ。

現在日本で施行されている武力攻撃事態及び存立危機事態における捕虜等の取扱いに関する法律――いわゆる、捕虜取扱い法の第二条には、捕虜に対して「常に人道的な待遇を確保するとともに、捕虜等の生命、身体、健康及び名誉を尊重し、これらに対する侵害又は危難から常に保護しなければならない」、「この法律の規定により捕虜等に対して与えられる保護は、人種、国籍、宗教的または政治的意見その他これに類する基準に基づく不当に差別的なものであってはならない」、「何人《なんぴと》も捕虜等に対し、武力攻撃又は存立危機武力攻撃に対する報復として、いかなる不利益をも与えてはならない」とある。

つまり捕虜であるシュティーナの殺害や、危害が加えられることがわかっていながら他勢力へ引き渡すことなど、法規的に不可能なのである。また犯罪人引き渡し条約を結んでいない正統王国側の要請を受け容れる義務はない（そもそもシュティーナが犯罪人に足る要件を満たしているか、甚だ疑問である）し、正統王国側がシュティーナの殺害を目論《もくろ》めば、当然ながら日本は警察力、あるいは防衛出動命令下にある自衛隊の実力で、これを排除することになる。

……それを、情報幕僚アーネも知っている。

「人道主義ですか」

だが、彼女は軽侮の表情を隠そうとせず言葉を続けた。

「忠告しておきますが、それは自己満足に過ぎません。魔族に対して人道・博愛精神を発揮することは、自国民を殺すことにしかならない。ましてや相手は人間ではない、相容れない害獣です。日本国憲法に規定された基本的人権を付与するべき相手ではない。保健所に収容された野犬を殺処分するのと一緒です」

彼女たち異世界人類の側からすれば、日本政府側の人間の思考が理解できない。人を傷つける害獣や害虫の類いを駆除するのは当然のことで、なぜ害獣を人類に近しい存在と見做し、人権を持つ存在として扱うのか。

一方、日本政府側の人間も、異世界人類側の思考が理解できない。戦略的に考えて圧倒的優勢を誇る魔族とは講和するほかなく、捕虜となった魔族を利用すれば、その道筋をつけられるかもしれない。それができないにしても、積極的に殺す必要などないのではないか。

「相手は知的生命体です。コミュニケーションも成立する以上、平和的な交渉の余地は――」

あるはず、と言いかけた木下外相の言葉を、情報幕僚アーネは最後まで聞こうとしなかった。

「平和的な交渉、ですか。あなたがたは知っているはずです。イデオロギーが異なる相手に対して、交渉など無意味である、と。貴国は連れ去られた自国民を他国や紛争地帯から取り戻すことも、自国のみの力では隣国の核武装も止められなかった。不法に占拠された自国領の返還の見込みはなく、延々と金をせびられる。同じ人類国家相手でさえこの様《ざま》です。彼らよりも強い敵意を持つ人外どもに、平和的交渉が何の意味もなさないであろうことは、おわかりいただけると思いますが――」

「余計なお世話だッ！」

外相、防衛相をはじめとする政府高官が居並ぶ前にもかかわらず、淡々と言ってのける彼女に対して、外務省職員のひとりが机を叩いて立ち上がった。

「だいたい本を正せば、貴国が我々を召喚したのがすべての始まりじゃないか――」

嚇怒のあまり、声が震えている。彼の思いは、もっともであった。怒声を張り上げた外務省職員の隣に座っていた全権大使の丸は、彼の上着の裾を摑んで「やめろ」と小さな声で制した。だが丸でさえ内心では実際のところ、彼の言うとおりだと思っていた。

「まったく無関係の我が国を引きずりこんでおいて、上から目線の内政干渉めいた放言はやめていただきたい！　だいたい背信行為だの何だのと貴官はおっしゃったが……貴国こそ我々に嘘をついていたではないですか⁉　魔族が日本語を喋っている、これはどういうことですか⁉　貴国の態度には、到底こちらも我慢ならない！」

周囲の制止を無視して、半ば絶叫するように怒鳴り散らす外務省官僚——その一方でまた、情報幕僚アーネが纏う雰囲気も変わった。

「……我慢ならない、というのはこちらの台詞《せりふ》です」

平静を心がけているのだろうが、彼女の口調からは怨恨と憤怒《ふんぬ》が隠しきれていない。

「なぜ魔族が日本語を解するのか……いえ、それどころではありませんね。貴国にとってここは未知の異世界のはず。にもかかわらず、なぜ惑星の自転周期から大気組成までが元の地球と同一なのか。あなたがたは疑問に思わなかったのでしょうか」

「話を逸《そ》らさないでいただきたい」

丸が口を挟んだ。たしかにこの異世界に未知の病原菌が存在せず、自然環境が元の地球と酷似している点については興味があった。だがしかし、いまこの話題とは直接の関係がないように思える。

しかしアーネは丸を一瞥《いちべつ》しただけで、「答えは単純です」と話を続けた。

「あなたがた日本人が作ったからですよ、この世界のすべてを」

「え……」

「かつてこの世界に召喚された日本人の勇者《チーター》は、戯れに憎き魔族を生み出しました。その後も断続的にこの異世界を訪れるあなたがたの同胞は、急進的な技術革新をいたずらに起こしてきました。今次大戦では魔族側についた転生者の新戦術には、何度も煮え湯を飲まされましたよ。そのせいで二十五億に達していた世界人口は、いまや数万」

「お待ちください、日本人がこの世界を作った……そんな話、到底信じられません。話が飛躍しすぎていて、理解が追いつかない」

「いまここで理解する必要はありませんよ、いずれ身を以て理解することでしょうから」

議場の官僚たちはみな、顔を見合わせた。たしかに日本人と魔族の間に、なにかしらの関係性があるのならば、魔族が日本語を魔族語として使用していることに対する説明はつく。だがしかし、召喚、転生――過去にも日本人がこの地を訪れていた、そして魔族に力を貸していた、などたやすく信じられる話ではない。

呆けて物も言えない彼らを前にして、情報幕僚アーネは「とにかく」と最後通牒《つうちょう》を突き付けた。

「魔族を引き渡すのか、引き渡さないのか。貴国が後者を選ぶのであれば、我々にも考えがある」

「陛下のお許しを得た。第二二翼竜騎兵大隊所属、翼竜騎兵シュティーナの救出作戦を発動する」

魔王直轄軍参謀本部に集められた高級参謀と将官たちに対して、参謀総長は有無を言わさぬ口調で言った。

日本国なる勢力に捕らえられた、翼竜騎兵シュティーナ。彼女を救出する作戦の実施は、彼女が発した魔力波を第一航空艦隊の早期警戒騎が受信した時点で、すでに決定していた。たったひとりの魔族を救出するために、軍事作戦を発動するのは合理的ではない。が、捕らえられた彼女を見殺しにすれば、魔王直轄軍将兵の士気が下がることは確実であった。彼女が飛ばした魔力波は、すでに城塞都市を包囲する諸部隊が受信しており、第一航空艦隊の翼竜騎兵たちはおろか、地上部隊の将兵たちさえも、シュティーナの救出を嘆願してやまない。

魔王直轄軍参謀本部としては、救出作戦が成功するか失敗するかはともかく、救出作戦を発動して、捕獲された同胞を助ける姿勢を見せることこそが重要であった。

だがその救出方法が問題であった。

従来の人類軍が相手であれば、こちらの航空優勢の下で空挺強襲をかけるだけでいい。

しかし今回の相手は、強力な飛行機械を有する日本国だ。

シュティーナが翼竜騎兵科ということもあり、魔王直轄軍第一航空艦隊司令部の参謀たちは、「第一航空艦隊の残存全作戦騎を以て、空中決戦を挑む。同胞救出のため、犠牲は厭わない」と豪語したが、第一航空艦隊の残存する全作戦騎を出撃させたとしても、航空優勢を確保することはできないであろう、というのが魔王直轄軍の他兵科参謀たちの見方だった。

空挺強襲が困難となれば、あとは強襲上陸しかない。が、結局は敵航空戦力を撃破しなければ、地上部隊を輸送する水上艦艇はみな海上で撃滅される。それを痛いほど理解している魔王直轄軍水上総監部は、「航空優勢なき海に、海上優勢なし」として、地上部隊の海上輸送と強襲上陸に否定的な立場をとった。

「救出作戦の概要は、先日決定したとおりだ。総司令官」

航空優勢を握ることができていない状況下での救出作戦——そこで魔王直轄軍参謀本部の一部参謀が出した回答は、前代未聞の戦術を用いた代物となった。

「はい」

参謀総長に促されて立ち上がったのは、獰猛《どうもう》な魚類の横顔を持つ亜人であった。全身は緑色の鱗に覆われており、口を開けば、口縁にびっしりと生えた鋭利な歯が覗く。彼は亜人の中でも水陸双方に適応した魚人族であり、そして水棲系の亜人を集めて編成された魔王直轄軍海兵隊の総司令官でもあった。

敵前に強襲上陸する際には必ず先頭に立つ勇者の集まり、海兵隊。そのトップに立つ彼は周囲を見回してから、ゆっくりと一語一語、はっきり言葉を発しはじめた。

「水上総監部潜水艦隊の潜竜型潜水艦『潜竜』により、二十四名の水棲系海兵から成る特殊部隊を敵地近海まで進出させ、彼らを秘密裏のうちに上陸させせます。上陸後、特殊部隊は交戦を必要最低限に留めつつ、翼竜騎兵シュティーナが捕らえられている目標まで移動。敵警備部隊を撃破して彼女を救出し、再び海岸線まで戻ります。翼竜騎兵シュティーナが捕らえられている施設までは、海岸線から距離にして六千歩間程度（約三千メートル程度）に過ぎませんから、救出は十分可能かと思われます。その後はシュティーナに循環型水中呼吸装置を装着させ、水棲系特殊部隊の補助の下で、沖合に待機させた潜水艦まで移動。潜水艦は彼ら一行を収容し、帰還します」

上陸戦に精通する海兵隊が考案したのは、水中を潜航する潜水艦を用いた救出作戦であった。

潜水艦を母艦として水棲系魔族から成る特殊部隊を、日本近海まで輸送。その後、潜航したままの潜水艦より特殊部隊が進水し、敵地へ上陸してシュティーナ救出を試みる。シュティーナ救出後はすみやかに海岸へと後退。呼気から二酸化炭素を取り除いて、酸素を補う呼吸装置を装着させたシュティーナを、沖合に待機する潜水艦まで連れ帰る。

様々な作戦案が魔王直轄軍内で提案されたものの、敵が航空優勢を握っている状態で実現可能な作戦案は、これだけだった。水陸で活動できる水棲系魔族の特性と、長髭族が誇る科学的発明品の組み合わせで、同胞を助けるほかない。

「……以上が作戦の概要です。なにかご意見はありますでしょうか」

海兵隊総司令官の説明が終わると同時に、魔王直轄軍参謀本部の魔族が手を挙げた。

「日本国の召喚の影響で大陸西方の海域は、水深をはじめとした海図が変わっている可能性がある。未測量の海域へ潜水艦を派遣することは、危険ではないか？」

「すでに魚鯨族《ぎょげい》の協力を得て、中央大陸から日本国に至るまでの海域の測量は終了しております。潜水艦の運用には、何ら問題ありません」

言いながら海兵隊総司令官は、心の中で魚鯨族に感謝した。海中で超音波を発射して、周囲の状況を知る魚鯨族は、今回の作戦を実行するうえで、最も協力的な姿勢をとってくれた。どうやら彼ら魚鯨族は、すでに多くの水棲系魔族が日本国により捕らえられている可能性がある、と考えているらしく、今回のシュティーナの一件を看過してはいられなかったらしい。

「なるほど。魚鯨族の協力があったなら大丈夫か。ありがとう」

質問者はすぐに納得し、うなずいた。

が、その傍からまた新しい質問者が現れる。

「その魚鯨族の話では、たしか音声は空中よりも水中のほうが伝わりやすい、と聞く。水中騒音が相手に察知されることはないだろうか？」

もっともな質問だ、と海兵隊総司令官は思った。

敵は我々よりも先んじた科学文明を誇っている。おそらく長髭族が努力の末に開発に成功した潜水艦を、彼らも持っている、それどころか持っていた――潜水艦という概念の兵器はすでに時代遅れとなって、退役済みの存在となっている――可能性は高い。

そうなればこちらが建造した原始的な潜水艦の行動など、簡単に探知されてしまうかもしれない。

「今回の作戦に投入する潜水艦は、我々が用意できる艦型の中で最も静粛性、隠密性に長けたものです。これで駄目なら、もう手段はありません」

「やむをえんか――」

「敵の哨戒機、哨戒艦に対しては、我々が最大限妨害する」

魔王直轄軍航空総監部の参謀が、話に割り込んだ。敵の超音速飛行機械を殲滅することは困難かもしれないが、潜水艦が潜む海域に近づこうとする哨戒機や哨戒艦に攻撃を加え、それを妨害することくらいはできる。

……その後も作戦内容に対して、侃々諤々《かんかんがくがく》の議論が続けられた。

「作戦発動が早急にすぎないか？」

「シュティーナが内陸へ移送されれば、救出作戦はより一層困難になります。できうる限り迅速に作戦を発動すべきです」

「それから彼女の精神的・肉体的な限界もあるだろう。彼女の魔力波による情報送信の内容も、荒唐無稽な代物になりつつある。衛生兵科の心理衛生士たちによれば、精神的な拷問に晒されている可能性があり、彼女は幻覚・幻聴・妄想にとらわれはじめている、とのことだ」

「翼竜騎兵は海面へ着水後、漂流することを想定して、循環型水中呼吸装置の使用法と泳法が教育されています。しかしながら救出した際に、体力もなく、錯乱状態……では話になりませんからね。作戦発動は早めることがあっても、遅延することは許されません」

「では、総司令官。軍港クロムシュタットより、『潜竜』を出撃させてくれ」

「了解いたしました」

……こうして作戦発動は、決定した。

潜水艦を母艦とする特殊部隊を投入し、翼竜騎兵シュティーナを救出するという未曾有の作戦——この作戦に臨む魔族側の士気は高く、特に魔王直轄軍航空総監部や第一航空艦隊将兵は、必要とあらば全戦力をつぎ込む覚悟を固めていた。

一方の日本側は、いまだに望むべくもない講和の道を探し求めている。


「おはようございます」

「…………」

覚醒から数日。もはや翼竜騎兵シュティーナは、彼ら日本人とコミュニケーションをとる必要性を感じなかった。ベッド脇に立つ魔族担当特命全権大使の鬼頭から、シュティーナは顔を背け、返事をしない。

翼竜騎兵シュティーナから見た日本国は、吐き気さえ催す暗黒郷であった。彼女からすれば、日本人は勤勉であり、博愛精神に満ちており、そして魔族の大量殺戮に手を染める慈悲なき虐殺者に他ならなかった。鬼頭が「相互理解の一環になれば」と見るように勧めた、一般国民向けのテレビなる機械は、鳥翼族の死肉を供する残酷な料理番組を放映したり、ブラックバスやブルーギルなる水棲系魔族が駆除の名の下に殺害されていく映像が、どこか誇らしげに流されたりしている。そして医療関係者は、肉類は食べられるか、牛肉・豚肉・鶏肉《とりにく》で宗教的に食べられないものはあるか、魚類、鶏卵はどうか、としつこく質問してくる。彼らに悪気はない、とわかっていてもシュティーナは苛立った。魔族を動物——動く物、と称するのも気に入らなかった。

一方の鬼頭は、困り顔でベッドに横たわるシュティーナを見る。

この数日間に亘り、彼は相互理解のために奔走した。日本国がいかに平和で穏健な人類国家であるかをアピールするために、テレビや新聞、一般書籍といった情報源をシュティーナに対して自由に与えたし、警備担当者に無理を言って彼女を散歩にも連れ出した。日本政府のスタッフは、可能な限り彼女に自由を許し、そして誠実かつ善良に接したつもりであった。

が、そのいずれもが逆効果に終わっていることに、鬼頭は気づいていない。

「やはり異世界人類国家『日本国』は、人類至上主義を採る国家であり、我々人外諸族の連合体とは相容れない」

翼竜騎兵シュティーナは機を見ながら、魔力波で情報を拡散していた。

「彼ら日本国は『国民主権』『基本的人権の尊重』『平和主義』を原理とする最高法『日本国憲法』を有している。ここで述べられている『国民』とは、当然ながら人類種のみを指し、また基本的『人』権は人類種にのみ与えられている。想像はしていたが、『日本国』の領域内に居住する魔族の基本的権利は、まったく存在しないようである」

「魔族担当特命全権大使のキトーをはじめ、病院の看護師たちは私に対して親切であり、また亜人に対して何ら偏見を持っていないように思える。……だがしかし、魔族全般に対して、キトーたちは冷酷だ。日本人の中には魔族と絆を結ぶ者もいるらしい。だがこれは大方、翼竜の自由意志の下で我々が跨乗し、協力して戦うような絆とは違う。彼らは魔族を飼い慣らして愛玩用の奴隷とし、絆を結ぶようだ。要はこの『日本国』においては、すべてにおいてが人類上位ありき、である」

「この人類国家『日本国』において、大半の魔族は金銭的にやりとりされる食肉用、愛玩用奴隷として存在している。いまだ私は直接出向いたことはないが、スーパーマーケットなる巨大商業施設や、コンビニなる簡易商業施設では、解体された魔族の肉が小分けで陳列されているようだ。またペットショップという愛玩用奴隷売買用施設まで、街中には存在しているらしい」

「それ以外の野生、野良と称される魔族は人類種に危害を加えない限り、一応の生存を許されているにすぎない。その彼らも捕獲、狩猟、漁労と呼ばれる奴隷狩りによって、いつ生命を脅かされるかわからない」

「私なりの結論を述べる。人類国家日本国に対して、彼らが動物と呼称する全魔族に普遍的、かつ基本的権利を認めさせることは困難のように思える。ゆえに人類国家日本国との休戦、講和は不可能である」

人外諸族が注目する最中、翼竜騎兵シュティーナはそう結論を出してしまった。

同胞に生存権をはじめとする、社会権が認められていない世界。鎖に繋がれた愛玩用の同胞が飼育され、給餌の下で生き長らえており、店頭で値札を貼られて売り買いされている。食肉用とされた同胞は、ただただ繁殖と成長を管理され、最後には解体されて店に並ぶ。直接的な飼育下にない同胞たちは、どういうわけか知性を失い、共食いをして命を繋ぐ。そして中には裁判もなしに駆除されていく同胞たちもいる。

そしてその同胞を支配する日本人は、それに何ら疑問を差し挟んでいない。

知性ある魔族しか知らない彼女には、本能のままに他を捕食する動物という存在が理解できない。それどころか日本国の誇る科学文明が、あらゆる魔族から知性と言葉を奪ったのではないか、とさえ考えてしまっている。

そのため、翼竜騎兵シュティーナは何の躊躇もなく、日本国を殲滅すべし、とメッセージを送り続けていた。……魔族攻囲軍に参加する人外諸族たちの天秤が、魔王直轄軍と日本国、どちらに傾いたかは言うまでもない。

これは翼竜騎兵シュティーナに、行動の自由を最大限許した鬼頭の判断ミスだった。魔族の内には、日本国内の動物と似ている種族がある、ということを鬼頭たちは知らなかったことが、あらゆる配慮を裏目の結果に繋げてしまったのだった。

もちろん、鬼頭ら外務省職員のみが悪いのではない。複数の悪意が、彼らの判断を誤らせた。翼竜騎兵シュティーナは最初から日本国に対して敵意を抱いていたため、魔族に関しては詳しく語ろうとしなかったし、正統王国軍情報幕僚アーネは魔族が動物に酷似していることを教えなかった。

こうした消極的妨害のせいでもあり、シュティーナとの交渉を直接担当する外務省職員たちは、本省に対して「いまだ彼女の側に警戒心があり、本格的交渉を開始するには至らない」と無念の報告をせざるをえない。やはり異種族間コミュニケーションは容易ではない。陸上自衛隊下志津駐屯地の受け容れ態勢が整い次第、彼女を転院させ、より長い時間をかけて打ち解ける必要がある、と彼らは考えはじめていた。

千葉県警察本部通信指令室に第一報が入ったのは、太陽が地平線の向こうに半ばまで没した午後六時半ごろのことであった。

「銛《もり》を持った妙な格好の連中が、海辺から上がってきた。密漁者かもしれないので、対応してほしい」――矢指ケ浦《やさしうら》海水浴場（千葉県旭市）を散歩していた市民からの通報に、通信指令室は近隣を走行していたパトカーに無線指令を出し、千葉県警旭警察署へと情報を送信した。

この時点で県警本部は、この案件に特別な注意を払っていなかった。異世界転移による影響もってか、食糧不足を見越した一般市民による密漁事件がここ数日の間に急増しており、今回の通報もその関連である、とみたからであった。

だがしかし、数分もしない間に続々と市民の通報、そして警察官からの至急報が舞い込み、いよいよ千葉県警本部はこれが有事であることを悟った。

「矢指ケ浦海水浴場にて市民複数名が、槍のようなものを投げつけられて重傷！　犯人は二十名を超える大人数で、ＪＲ旭駅《あさひえき》方面に逃走中！」

「矢指駐在から至急報です！　矢指ケ浦海水浴場より北に約二百五十メートル、県道三十号付近にて、銛を持った不審者に声をかけようとしたところ、銛を投げつけられたとのこと。背格好は身長百七十センチ程度。背びれや水かきのついたウエットスーツ、特殊な覆面を着用しているとのことです！」

「これより自ら三二二が接触します！」

国保朝日ヶ丘中央病院に魔族が入院していることを知っている千葉県警の人間の顔は、さっと青くなった。

矢指ケ浦海水浴場と言えば、国保朝日ヶ丘中央病院より南方三キロメートルに位置する砂浜だ。

そこに揚がってきた不審者たちは、市民を殺傷しながら北上を開始している。となれば、彼らが国保朝日ヶ丘中央病院を目標にする正統王国の工作員か、魔族の工作員である可能性がある。

千葉県警本部はすぐさま病院周辺に配置していた全警察官に、警戒を厳とするよう通達。さらに警察力で対応できない可能性を見越して、自衛隊側へと情報を流した。千葉県警にも治安を守るのは警察の仕事という面子《メンツ》はあるが、自衛隊への協力を渋って被害が拡大すれば、後々待っているのは轟々たるバッシングだ。もし矢指ケ浦海水浴場に出現した連中が、工作員ではなく奇怪なコスプレ集団であったら、自衛隊に協力を要請した県警は笑いものにされるだろう。が、このとき躊躇している時間はなかった。

「運が悪いな、市街地が続くと思ったら畑に出ちまった」

「だが五千歩間（約二千五百メートル）程度だ。急げ、一気に走り抜けるぞ」

結論から言えば、千葉県警の判断と対応は正解であった。

矢指ケ浦海水浴場から上陸したのは、暗緑色の魚鱗《ぎょりん》を纏い、得物の長槍を抱えた魚人たち——魔王直轄軍海兵隊特殊部隊二十四名である。彼らは上陸と同時に、その場に居合わせた目撃者を殺傷すると、翼竜騎兵シュティーナが放った魔力波の発信源を目指して北上を開始。さらに駆けつけた警察官を鎧袖一触《がいしゅういっしょく》、瞬く間に無力化した。

路肩に停まったパトカーに、臓物と鮮血を撒き散らしたまま絶命している警察官の死体の脇を、彼らは駆けていく。

幸先《さいさき》は悪かった。

海岸沿いの市街地を抜ければ、広がっていたのは畑だ。遮蔽物がないため、人類軍の狙撃手が配置されていてはたまらないし、人類軍の航空部隊が出動してくれれば隠れる場所がない。

しかも最悪なのは、地理だけではない。

「ゲリラ攻撃情報。ゲリラ攻撃情報。当地域にゲリラ攻撃の可能性があります。屋内へ退避し、テレビ・ラジオをつけてください」

遭遇した人類は殺害するか負傷させているにもかかわらず、耳障りな警告音と攻撃情報なる放送が、あたり一面に響き亘っている。つまりすでに、こちらの行動が露見していることは明らかであった。夕闇の中の潜入行であったはずが、これでは強襲と変わらない――携帯電話と通報システムの存在を知らない魔族海兵の動揺は大きかった。

だがしかし、彼らは魔族直轄軍の中でも選《え》りすぐりの精鋭である。内心の焦燥を押し殺して、彼らはただただ翼竜騎兵シュティーナが待つ目標へと駆けはじめた。

「すぐにその場に止まり、武器を捨てなさい！　武器を捨てなければ撃つ！」

一方の千葉県警は東西に伸びる県道百二十二号線のラインで阻止線を構築し、魔族海兵たちを待ち構えていた。

周辺に配置していた警察官たちを急遽掻き集めたものだから、そう規模は大きくない。だがパトカーを即席のバリケードとし、その背後には数名の警察官たちが、拳銃を構えて臨戦態勢を取っている。常識的に考えればこの配置を、銃器を持たない犯罪者集団が簡単に抜けるはずがなかった。

が、銃口を向けられても、魔族海兵たちは走る速度を緩めず——先頭の魚人たちが背筋を思いきり反らした。

「は？」

次の瞬間、彼らが放った長槍がパトカーの車体を貫徹し、拳銃を構えた警察官を捉えていた。

長槍の穂先は、筋肉を食い破り、臓物を引きちぎり、背骨を砕いて貫通し、警察官の背中から飛び出た長槍はそのまま後方へぼとりと落下した。

この攻撃の標的となった警察官四名は、即死である。

「畜生ォ——————！」

運良く標的にならなかった、ふたりの警察官が発砲する。拳銃に頼らず逮捕してこそ、という価値観が強く、発砲が出世に影響してくる日本警官の射撃の腕前はお世辞にも良いとは言えない。

が、彼らの放った拳銃弾の弾道は、腕前とは関係なくまったく奇異のものとなった。

まるでそのさまは、水中で発射された銃弾。拳銃弾はみな、魚人たちに届く前に著しく減速し、急激に運動エネルギーを失って地面へ落着した。

愕然とする警察官が思わず拳銃の故障を疑った僅かな隙に、先頭の魚人が大きく跳躍して、パトカーを飛び越え、遥か後方へと着地した。

その両手には、ククリナイフのような内向きの曲刀が握られている。

「やはり魔導文明はほとんど発展していないようだな」

彼の着地とほぼ同時に、拳銃を構えていたふたりの警察官の喉元から血が噴き出し、パトカーのボンネットを夥しい血が汚した。目にも留まらぬ斬撃を、警察官は防御することができなかった。

ちなみに拳銃弾が空中で減速し、本来よりも遥かに短い射程で落下したのは拳銃の故障ではない。魚人族が得手とする魔術、【抵抗増大】が拳銃弾の運動エネルギーを大きく減じたのである。

海兵は沖合から遠泳し、水中から強襲上陸を仕掛けるため、火器や弓矢といった繊細な遠距離武器を持つことができない。そのため銃器に対する防護魔術を彼らは必要とし、空気中に存在する魔力を操作して、意図的に魔力の存在する空間に働く魔力抵抗を増大させ、火器の射程を減じる【抵抗増大】を開発、積極的に運用している。

だが、この魔術を知らないということは、やはりこの日本国は既知の人類とは、まったく別の存在だ、ということなのだろうと彼ら海兵たちは思った。そこに付け入る隙がある。

警察官の頭部や胸部を貫通した槍を拾った魚人は、獰猛な笑みを浮かべ、パトカーを飛び越えてきた後続の魚人とともに再び駆けはじめる。

犬吠埼より南東に約五十キロメートル。

太陽光が一%も届かない深度二百メートルの海底に、葉巻型の鋼鉄が潜んでいた。

その名は、魔王直轄軍水上総監部潜水艦隊所属艦艇、潜竜型潜水艦『潜竜』。魚鯨族の協力によって完成した音響吸音材と反射材を纏った漆黒の船体は、完全に海中の闇に溶け込んでいる。さらに日本国の航空戦力・海上戦力が魔力波や音響を拾い、それを基とした対潜攻撃手段を有することを考慮し、魔導機関を停止して着底することで、被発見の可能性を可能な限り低減させていた。

「周辺音響、反応なし」

「よし。引き続き警戒を厳となせ。あとは打ち合わせのとおりだ。三十唱間後（約三十分後）に潜望鏡深度まで浮上し、拠点と魔力波遠隔通信を取り、作戦進行度を問い合わせる」

艦内は、無音である。

発令所で魚人族の艦長と、同族の航海長が小声で会話を交わす以外は、誰もが無言を守り、息さえ押し殺していた。潜水艦は打たれ弱い兵器だ。いまは魔王直轄軍航空艦隊による航空優勢が確保されていないため、哨戒の任務にあたる飛行機械に発見されれば、一方的に袋叩《ふくろだた》きにされることは目に見えている。

彼らは自身の所在が露見しないよう、とにかく無音に努めていた。

が、静粛に努める魔族海兵が駆る『潜竜』を追跡してきた存在があった。

「感度は皆無になりました」

「よほど静粛性に優れていて、無音戦闘航行が可能なのか――それとも着底したか」

「敵潜水艦の予想位置は本艦の二十度、約四十四マイル（約七十キロメートル）。しかしながら未知の音紋を有することに加えて、隠密性が高いのか、機械雑音が捉えづらいです。予想位置と実位置には、当然ずれがあるかと」

海上自衛隊第四潜水隊所属、そうりゅう型潜水艦『ずいりゅう』。

漆黒の艦体を持つ美麗なるこの竜は、『潜竜』が発する僅かな騒音を聞きつけて、数時間前から『潜竜』の追跡にあたっていたのである。

だが異世界転移の影響で日本近海の海中状況が変貌していること、『潜竜』が静粛かつ未知の音紋の持ち主であることから、なかなか位置情報の特定にまでは至っていなかった。

「……待っていれば、必ず動きがあるはずだ」

ところが、艦長の中森二等海佐に焦燥感はない。いたって冷静だった。

「我慢比べは我々の得意分野、そうだろう？」

原子炉を積んでいない通常動力潜水艦では、半永久的な海中潜伏は不可能である。適切なタイミングで潜望鏡深度にまで浮上し、シュノーケルを上げて換気や充電を行わなければならないため、そこで騒音を伴う隙が生まれる。失探した潜水艦が相手でも、再び追跡する機会は皆無ではない。

ともすれば焦り、はやる部下に対して、中森二佐は余裕の笑みを見せた。

「対潜ヘリや哨戒機に横取りされる心配はない。俺たち潜水艦乗組員《ドルフィン》の獲物だ」

共産主義勢力に対する資本主義勢力の防波堤として再生した戦後日本。その防衛組織たる日本国自衛隊が得意とするのは、防空戦と対潜戦である。度重なる空襲によって国土が焦土と化し、海上交通路には機雷がばら撒かれた上に敵潜水艦が潜む――そんな先の大戦のトラウマと、有事の際には米第七艦隊の対潜哨戒役を務める必要性が、日本国自衛隊をその分野に特化させた。

だがしかし、その日本国自衛隊を以てしても、現代戦の航空優勢を握り続けることは難しかった。高速の戦力をぶつけ合う航空戦はきわめて流動的であり、絶対的な航空優勢はない。相手がまとまった戦力を叩きつけてくれれば、航空優勢は必ず揺らぐ。そして航空優勢を失えば、対潜戦も順調にはいかない。

百発近い光弾が一挙に洋上を翔け、海空の自衛隊機に襲いかかる。

対する航空自衛隊の超音速ジェット戦闘機は、アフターバーナーを利用した回避機動でこれを回避する――が、洋上を哨戒中であった海上自衛隊第三航空隊（神奈川県綾瀬市）のＰ－１哨戒機はそうもいかなかった。

不運な一機のP－1哨戒機は、まず垂直尾翼が吹き飛ばされた。激しい衝撃に機体が悲鳴を上げ、姿勢が揺らぐ。間髪入れずに四発あるうちの最右翼のエンジンが、光り輝く魔弾を吸い込んだかと思うと、爆発炎上した。さらに突っ込んできた三発目の魔弾に、機首を完全破壊される。

そうして御者を失った鋼鉄の塊は、急激に降下コースをとり、海面へと激突した。

「一一大隊騎、一二大隊騎は全騎反転。続いて二一大隊騎、二二大隊騎は射点へ移動せよ」

一方、遥か遠方から攻撃を仕掛けた翼竜騎兵たちは、反転して急降下すると一目散に逃げ帰る。

魔王直轄軍水上総監部の潜水艦と海兵隊特殊部隊を援護すべく出撃した、魔王直轄軍第一航空艦隊は、先の西方海域航空戦から飛行機械の威力を思い知り、戦術を転換していた。すなわち優れた空戦能力と勇気を活かした正面きっての航空撃滅戦から、遠距離から【誘導魔弾】を撃ち放っては退避する、という一撃離脱戦術への転換である。

先の航空戦で超音速飛行機械が有する噴進弾の射程は知れた。概ね長距離戦用に魔力量を調定した、【誘導魔弾】と同等の射程だ。それを基に魔王直轄軍航空総監部と第一航空艦隊の参謀たちは、翼竜騎兵の運用を、空中砲台とすることに決めた。

翼竜騎兵は【魔力噴射】といった加速系魔術の使用を避け、できうる限り魔力温存に努める。そして温存した魔力はすべて【誘導魔弾】の発射に振り分け、射程内に収めた飛行機械に対して撃ち放ち、撃ち放った後はすぐさま退避・交代する。

勇敢・勇猛で鳴らす翼竜騎兵の矜持《きょうじ》を傷つける戦術だが、敵射程内に留まれば留まるほど損耗が大きくなる以上は、この消極的な戦術もやむをえない。敵の航空優勢を揺るがし、潜水艦『潜竜』の作戦海域に接近しようとする敵哨戒機を排除する。そのために第一航空艦隊が採れる唯一の戦術が、これであった。

対する自衛隊側は、苦しい防空戦を強いられることとなった。

まず第一航空艦隊の戦術転換以前に、そもそも先の犬吠埼沖航空戦よりも自衛隊側の戦力は少ない。

護衛艦『いずも』を筆頭とする第一護衛隊、護衛艦『きりしま』が属する第六護衛隊は修理・補給・休養のために横須賀基地に戻っており、海上自衛隊の水上戦力は、呉《くれ》から駆けつけた第四護衛隊の護衛艦『いなづま』と護衛艦『さみだれ』が房総沖に展開しているのみである。

他に数えられる水上戦力としては、米第七艦隊のアーレイ・バーク級ミサイル駆逐艦『カーティス・ウィルバー』『フィッツジェラルド』が房総沖に存在しているが、これは弾道飛翔する火竜に備えたものであり、常にBMDモードで待機している。先の『いなづま』『さみだれ』も、この米イージス艦の護衛といった役回りであるから、積極的に防空戦闘へ参加しようとはしない。

防空戦の主力を担う航空自衛隊航空総隊の戦力もまた、やや心もとなかった。

数百騎の稼動騎を用意し、波状攻撃を仕掛けてくる第一航空艦隊と即時交戦したのは、第三〇

一、三〇二飛行隊（茨城県小美玉市）のＦ－４ＥＪ改戦闘機と、第三飛行隊（青森県三沢市）のＦ－２戦闘機、合わせて約四十機程度である。第三〇三、第三〇六飛行隊（石川県小松市）のＦ－15戦闘機も緊急発進したものの、いまだ戦域には到達していない。

米海軍機はと言えば、自衛隊機よりも明らかに出遅れていた。先の犬吠埼沖航空戦で多大な戦果を上げた第二七戦闘攻撃飛行隊、第一〇二戦闘攻撃飛行隊のＦＡ－18ＥＦの出撃は、自衛隊機と翼竜騎兵の交戦開始から十数分後を待たなければならなかった。

「マーチ〇二、ＦＯＸ１！」

夕闇の最中を、Ｆ－４ＥＪ改のＡＩＭ－７スパローや、Ｆ－２が撃ち放つ九九式空対空誘導弾が、白煙を曳きながら天翔《あまか》ける。だが、標的となる翼竜騎兵たちは、すぐさま射程外へと退避していく。撃墜には至らず、ただ追い散らすことしかできない。さりとて、敵は完全に撤退するわけでもなく、嫌がらせのように光弾を撃ってくるため、対戦車ヘリを出撃させて上陸した工作員を攻撃させたり、哨戒ヘリを出撃させたりすることはできなかった。

結局、海兵隊特殊部隊上陸に伴う航空戦は、双方ともにほとんど損害が出なかった。が、作戦目的を果たすことができた魔族側が実質的な勝利を収めた、と言っていいだろう。

そのころ、海兵隊特殊部隊が目標とする国保朝日ヶ丘中央病院では、Ｊアラートによる航空攻撃警報およびゲリラ攻撃警報を口実にして、患者と職員の避難がすみやかに行われた。そして職員と入れ替わるように現れたのは、異形の集団。純白を基調とする院内には似つかわしくない漆黒の覆面を着用し、迷彩柄の装備品で身を固めた兵《つわもの》たち。彼らは無駄のない動きで一階ロビーに展開し、出入り口を射界に収めた。

陸上自衛隊特殊作戦群。対ゲリラコマンド戦闘を得手とする精強部隊はいま、ラフな私服を脱ぎ捨てて、鉄帽や防弾チョッキを纏った完全武装で迎撃態勢を整えていた。

（可能ならば院外で戦いたかったが……）

特殊作戦群の彼らが選んだ戦場は、院内であった。病院関係者への被害を回避することを考えれば、本来は院外で迎撃を試みるのがベストな選択肢である。

ただ病院の周囲が平屋建ての多い市街地であり、小銃の射程を活かす戦闘ができないこと、病院本館の南側には研修棟が並んでおり、敵侵攻想定路への狙撃が困難であること。そして敵部隊が急速に接近中ということで、院外の戦闘配置に就くことが間に合わないと判断した特殊作戦群の隊員たちは、敵の侵入路がほぼ限定されている一階ロビーで迎撃することを決めた。

ただし背水の陣である。

病院関係者を避難させたと前述したが、それは単に患者を上階の病室に避難させた、という程度のものだ。院外への避難は時間的制約もあり、どだい無理な話であった。つまり一階を抜かれることがあれば、非戦闘員に被害が及ぶ可能性がある。

仮に病院関係者が死傷することがあれば……最悪、内閣が吹き飛ぶだろう。捕虜を民間の医療機関で治療する処置は、法的には問題ない。だがしかし、魔族の捕虜を入院させたばかりに攻撃を誘発させ、病院関係者が死傷した、となれば国内世論は間違いなく古川内閣を激しく糾弾するだろう。

が、政治的問題に対応するのは、特殊作戦群の隊員たちの仕事ではない。

彼らは余計なことを考えずに、ただ米国製M4カービン銃を構えて、その瞬間を待った。

「以前も申し上げたとおり、我々はこの世界の人類とはいっさい関係ありません。あなたがた魔族への遺恨もなく、当然ながら魔族との戦いも望んでいません。シュティーナさん、お願いします。階下の貴軍将兵に対して、戦いを止めるよう説得していただきたい！」

院内に殺到する魔族海兵とそれを迎え撃つ特殊作戦群隊員が交戦を開始する中、その遥か上階の病棟十一階の病室では、日本国外務省魔族担当特命全権大使の鬼頭五十七が、ベッドに横たわる耳長族の翼竜騎兵に対して、停戦の協力を依頼していた。

だが翼竜騎兵シュティーナは、目を瞑《つぶ》ったまま頭を振った。

「なぜですか……」

階下から響いてくるM4カービン銃の連射音と、断続的な爆発音の最中、鬼頭は半ば苛立たしげに言葉を続けた。

「あなたにも聞こえるでしょう、この銃声が。我々としても――」

無益な戦闘は避けたい、と、鬼頭は最後まで言葉を続けることができなかった。突然の衝撃が、意識を刈り取った。鬼頭は反射的にベッドの周囲に吊《つ》り下《さ》げられていた純白のカーテンを摑んでいたが、そのカーテンも支柱も彼の体重を支えることはできず、けたたましい音とともに転倒した。

無様に昏倒《こんとう》した鬼頭も、病室のドア前に待機する警視庁警備部の警護課員も、完全に油断していた。そのために前者は、頭頂を支柱にして放たれたシュティーナ回転蹴りを回避できなかったし、後者はそれを止めることができなかった。

「なッ――」

鬼頭が崩れ落ちるのを見て、病室のドア前に待機していた警視庁警備部警護課のふたりは、背広の内側からシグ・ザウエル社製P230自動拳銃を引き抜いた。

ふたりが自動拳銃を構えるのと、ネックスプリングの要領でベッド上に跳ね起きたシュティーナが戦闘態勢を整えるのは、ほぼ同時。警護課員は躊躇なくシュティーナの脚を狙って発砲したが、その一秒前に彼女はベッド上から跳躍していた。

(速い――ッ!)

足場のない空中では回避などできまい、という警護課員の予想を、彼女は裏切った。比喩ではなく、流れている時間が違う。跳躍して射撃を避けたシュティーナは、明らかに通常の物体よりも速い速度で虚空を落下した。そして前転しながら受け身を取って距離を詰め、身体を起こすと同時に、即席で生成した魔力製の棍棒《こんぼう》を振るった。

「‼っ」

短い悲鳴が響いた。白光を曳く二メートル近い魔力の塊は、まずひとりの警護課員の右手首を捉えた。衝撃と激痛。耐えかねた彼の右手は、五百グラムの鋼鉄の塊を取り落とした。

「こちらブラヴォー、マル魔が……」

もう一方の警護課員は、片手で自動拳銃を構えたまま、もう一方の手で無線の送信ボタンを押し、状況を何とか伝えようとする。

が、遅い。

シュティーナは距離を取るのではなく、むしろ逆に【魔力噴射】で徒手戦闘が可能な距離にまで、一挙に間合いを詰めた。そうして左掌で相手の銃口を逸らしながら、自身の腰から相手の顎へ、右掌底を叩きこむ。体格差を覆す十分に速度が乗った攻撃に、警護課員は後頭部からひっくり返った。

「畜生！」

最初に拳銃を取り落とした警護課員は、強い意志とアドレナリンの力により右手首の激痛を克服し、腰から漆黒の特殊警棒を引き抜いて展開させる――が、その瞬間にはすでに魔力を噴射して十分な加速を得た彼女のドロップキックが、彼のみぞおちの一センチ前に迫っていた。

「…………」

着地したシュティーナは、床に這いつくばって呻くふたりの警護課員を無視し、病室の扉を僅かに開いて人差し指をそっと廊下へ出した。そして、索敵用の魔力波を発射した。これは瞬く間に廊下を駆け巡り、反射して返ってくる。

（こちらにふたり、近づいてくる）

彼女からすれば、この階の警備は思ったよりも手薄であった。おそらく階下の戦闘に人数が割かれているのだろう。こちらとしては早々に、階下の救出部隊と合流したいところだ。鬼頭と警護課員を戦闘不能に追い込むのに、彼女は惜しみなく【時間操作】や【魔力噴射】を使用したが、まだ彼女の魔力には余裕がある。

シュティーナは、純白のカーテンとともに倒れたままの鬼頭を一瞥した。

彼女が彼らを殺さなかったのは、単なるエゴであった。曲がりなりにもシュティーナという個人に対して親切に接してくれた彼らを殺害するのは、個人的に寝覚めが悪い。とはいえ、これで貸し借りはなし。仮に今後、正規の命令や魔族のために彼らが障害になることがあれば、彼女は躊躇なく彼らを殺すであろう。

……シュティーナは周囲の魔力を集積し、銃声を聞いて駆けつけてきたのであろう新手との戦闘に備えた。

M4カービン銃から発射された五・五六ミリNATO弾の暴風が、一階受付前ロビーに吹き荒れた。

清潔感あふれる白を基調としたロビーに、遮蔽物となりうる物はほとんどない。いくつか柱が点在している以外は、防弾など期待できないソファーや長椅子、そして呼び出しを待つ来院者が時間を潰せるように設置されたテレビしかないのだ。

正面玄関から侵入した魔族海兵たちは遮蔽を得られないまま、小銃弾の雨霰《あめあられ》にその身を晒すことになった。その一方で迎え撃つ特殊作戦群の隊員たちは、受付ブースを遮蔽として利用することができた。地の利は特殊作戦群の隊員たちの側にあり、そして動く物体はすべて無慈悲に粉砕される空間と化したこの殺戮場。ここに侵入した魔族海兵たちは、瞬く間に殲滅される——はずであった。

正面玄関のガラスを蹴り破って侵入した魚人の群れに殺到した小銃弾の大多数は、魔族海兵の数メートル前で弾速を喪失し、目標の手前に落着していく。もちろん、動作不良による失速ではない。その場の魔力を掻き集めて特定の空間に集中し、水中のような抵抗を生み出す【抵抗増大】の魔術に搦めとられたのである。

だがしかし、この【抵抗増大】も万能ではない。

空気中の魔力を掻き集めて抵抗を生み出すという原理上、防御範囲は極端に狭く、相手の弾道をある程度予測しなければならない。そして抵抗を設定した防御範囲の外を駆ける銃弾に対しては、何ら干渉することはない。

「こいつら、連発銃を全員が持ってやがる！」

特殊作戦群の隊員たちが撃ち放った火線の数は、魔族海兵たちの想像を遥かに超えており、彼らが設定した防御範囲をすり抜けた銃弾が、不運な数名の魔族海兵を撃ち倒した。

彼ら魔族海兵は完全に特殊作戦群の火力を見誤った。事前にシュティーナから敵守備隊の規模は一個小隊ほど、と情報提供を受けていたため、その戦力を単発式小銃装備の歩兵が四十名ほど、そして連発銃が数丁配備されている程度だろう、と考えていたのである。だがしかし、現実には連続射撃が可能な自動小銃を持つ歩兵が数十名、戦闘態勢を整えて待ち構えていたのだからたまらない。

——密集しろ、複縦陣。

予想以上の抵抗に驚いた魔族海兵側の隊長が、素早くハンドサインで周囲に指示を出した。

この場で魔族海兵側が採り得る対抗戦術は、ひとつしかない。縦列になって敵守備隊に対する前面投影面積をできうるだけ小さくし、前方に【抵抗増大】を展開させて、銃弾を防ぎきる。

（時代遅れの密集陣形だが、やむをえん。敵に小集団を一纏《ひとまと》めに吹き飛ばせる重火器がないことを祈るほかない）

縦列という密集陣形にはもちろん、欠点もある。相手が魔力抵抗を無視できる高初速の武器や、大火力の重火器を装備していた場合、一撃で前方から背面へと縦列が撃ち抜かれて全滅する可能性がある。

それを承知のうえで魔族海兵の隊長は、ハンドサインを部下に出していた——が、その二秒後に彼は絶命していた。

ほんの僅かな時間のことである。

狙撃銃仕様の六四式小銃を持った特殊作戦群の選抜射手が、ハンドサインを出す彼の左足首を撃ち抜いた。七・六二ミリＮＡＴＯ弾の直撃に耐えられるはずもなく転倒した彼は、続けて床に打ちつけた頭部を狙撃されて、脳漿と肉片をぶちまけた。

細かな軍装の違いや些細《ささい》な行動から指揮官を捕捉し、すみやかに狙撃で排除することなど最精鋭の特殊作戦群隊員には朝飯前のこと。指揮のために出したハンドサインが、彼の命取りになった。

「隊長——ッ!?」

「うろたえるな、手筈《てはず》どおりにやれ！」

古参の海兵隊員が檄を飛ばすと、少数の海兵隊員が得物の長槍を握りしめ——その上体を弓なりに反らした。と、同時に周辺の魔力が穂先とは反対側の石突きに集中し、彼らの長槍は超常的な白兵武器と化す。

魔王直轄軍海兵隊伝統、【魔槍投擲《とうてき》】の予備動作。特殊作戦群の隊員たちも異変を察知し、構えを取った魔族海兵へ集中射撃したが、そのほとんどが【抵抗増大】の魔術に阻まれてしまう。

そして弾《はじ》き出《だ》されたのは、百ミリの圧延鋼板を容易にぶち破る秒速八百メートルの凶槍。魔族海兵がその驚異的膂力《りょりょく》で投擲した長槍は、虚空で石突きから魔力を噴射し、瞬く間に加速――受付カウンター台を貫徹し、その背後の特殊作戦群隊員を破壊した。推進用に込められていた魔力の残余が、着弾時に炸裂して小爆発を起こしたため、さらに被害が拡大する。

破片と爆風の猛威が過ぎた後、残るのは無残に破壊された受付ロビーと、濛々と立ち上る煙。

そして――。

「グレネードッ！」

爆煙の最中から、四十ミリグレネード弾が飛び出した。Ｍ４カービン下部に装着されたＭ２０３グレネードランチャーから発射されたそれは、装甲車さえも撃破可能な多目的榴弾。炸裂すれば、半径十五メートル以内の物体を薙《な》ぎ倒《たお》す。

「こけおどしだ！」

が、その四十ミリグレネード弾もまた小銃弾と同様、魔族海兵の近傍でやはり魔力抵抗に搦めとられ、空中で静止する。

「第二射、用意——」

古参の魔族海兵が笑った次の瞬間、信管が作動した。

炸裂した四十ミリグレネード弾は、密集陣形を採っていた魔族海兵たちを蹂躙した。爆風が魔力と空気中を伝播《でんぱ》して、彼らを容赦なく薙ぎ倒す。そこに二発目、三発目とグレネード弾が撃ち込まれ、横殴りの爆風と破片が襲いかかった。

「ダメだ、後退しろ！　後退！」

魔族海兵たちの判断と行動は早かった。彼我の火力が違いすぎるため、これでは正面突破は不可能、と判断した彼らは、一個分隊を殿《しんがり》として整然かつすみやかな退却を開始した。いったん市街地へと逃れ、非正規戦闘を敵に強いるほかない。再起を図るのだ。

……その意図は、すぐに挫《くじ》かれた。

院外へ飛び出した彼らを待っていたのは、病院近隣の自衛隊千葉地方協力本部と海上自衛隊飯岡受信所に事前待機していた、陸上自衛隊中央即応連隊の数個小隊。九六式装輪装甲車をはじめとする装甲車輛の援護がついたこの有力な部隊は、彼らに対して躊躇なく攻撃を開始した。

あっけない最期であった。五・五六ミリＮＡＴＯ弾と、十二・七ミリ重機関銃弾の十字砲火が襲いかかり、魔族海兵らは抵抗する間もなく殲滅された。

暴虐、あるいは蹂躪——彼の行為はそんな言葉でかたづけていいほど、優しいものではなかった。

中央大陸の隅々まで平和と幸福をもたらしていた大帝国を統べる正統帝は、自ら死を乞うまでその身を切り刻まれ、絶命した後に蘇生《そせい》され、五体満足から死までの過程を数十回に亘って再現させられ、怪物から「飽きた」という言葉を引き出すまで、完全なる絶命を許されなかった。

その娘、正統皇女は生命と人死の尊厳を踏みにじる刑を免れた。が、聡明《そうめい》ささえ感じさせる美貌を持つ彼女は、彼が「アリ」と呼ぶ未知の異形に変身させられ、帝国臣民の前に晒された。その帝国臣民たちも、ほどなく蹂躪された。できあがったのは地平線の彼方《かなた》まで広がる、廃墟と死骸の荒野。そして彼が戯れに生み出した、百億の異形の群れ。

突如として出現した【災厄】を殲滅するために、無関係なひとりの人間を生体兵器として選定して召喚する——たしかに大帝国が作り上げたその術式は、非人道的であっただろう。だが、それにしても、その術式発動の対価は法外に過ぎた。

彼は天地さえ歪めた。惑星質量の激変、大気組成の変化、島嶼部の消滅。度重なる人為的な天変地異により、多くの帝国臣民が異形の身のまま死んでいき、人口百億を数えた大帝国は地上から滅び去った。

「おい」

響いた低い声が、参謀総長の回想を終わらせた。

声の主は、鬼族を率いる悪鬼王であった。海兵隊特殊部隊全滅、『潜竜』との通信途絶——シュティーナ救出失敗の事後処理を終え、魔王直轄軍参謀本部を辞して私室で休んでいた老参謀総長の許《もと》に突如来訪した彼は、続けて言った。

「講和すべきだ」

赤い表皮に包まれた鋼鉄のような筋肉を纏い、顔面に無数の刀傷を刻んだ彼の迫力は凄まじい——が、対照的にいまにもぽっきり折れてしまいそうな長身痩軀の参謀総長は、まったくもって怯まなかった。

「蛮勇で名を馳《は》せる悪鬼王とは思えない発言だな」

「茶化すなよ、参謀総長——いや、帝国宰相閣下」

帝国宰相、と悪鬼王に呼ばれた魔王直轄軍参謀総長は、「元、だ」と呟いて露骨に不快そうな表情をする。

だがそんなことはおかまいなしに、悪鬼王は言葉を続けた。

「きょうの俺は悪鬼王としてではなく、皇宮近衛《このえ》隊長として意見させてもらうぞ」

「やめろ」

――帝国宰相、皇宮近衛隊長。

その単語は不死の呪いを受けた耳長族の参謀総長にとって、過去の栄光と惨劇を想起させる禁忌の言葉であった。この大陸にもかつて平和な時代があり、闘争など微塵《みじん》も存在しなかった――というよりも人類間での闘争の概念がなかった時代があったのである。誰もが大気圏外から降り注ぐ魔力線を浴びて生き、平和と文化を謳歌《おうか》しながら幸福のうちに死んでいった。問題らしい問題といえば自然災害くらいであり、帝国宰相と皇宮近衛隊長の仕事はもっぱらその対処であった。

……にもかかわらず、いまはどうだ。

「国立図書館長殿も、同意見だ」

「やめろ」

疑うことを知らず、盗むことを知らず、ましてや殺すことすら知らなかった人々は汚され、濁り、戦っている。他の生命を殺して自身の生命を維持するというおぞましい行為に対して、疑問すら抱かないようになっている。理想郷は生命と生命が殺し合う、暗黒郷へと成り果てた。かつてたしかに存在していた理想郷を思うと、老参謀総長はいまこうして魔族を率いて戦っている理由さえ見失ってしまいそうであった。

それを悪鬼王はよく知っていた。

だからこそ、かつての同輩に告げる。

「いいや。やめねえ。我々は【勇者召喚】によって呼び出された異世界勢力と講和し、連中の科学技術を吸収する。俺たちの魔導技術と連中の科学技術が合わされば、いずれ再びもう一度、この中央大陸に平和と幸福を約束する大帝国を打ち立てることができる」

「ふざけるな！」

元・帝国宰相は声を荒らげると、腕を振り回して机上の書類をすべて薙《な》ぎ払《はら》い、インクの詰まった小箱を元・皇宮近衛隊長へと投げつけた。

元・皇宮近衛隊長はそれを避けない。

赤い表皮に包まれた胸板にぶつかった小箱は、そのまま床へと落下して、黒々とした中身を床にぶちまけた。

「連中と講和するだと⁉　正気じゃないッ、嫉妬と強欲に支配され、些細なことで闘争し――」

「――自衛のためでも何でもなく、他の生物種を滅ぼして平然としていられる好戦的な彼らと、仲良くすることはできない、ってか？」

「貴様こそわかっているじゃないか！　あの超音速戦闘機と水上艦艇を見ればわかる、あれは他者を殺すために最適化された道具だ！　真《しん》に平和を愛するのならば、あんなものは持たないッ！　それにシュティーナの報告にもあっただろう、彼らは暴虐の徒――勇者《チーター》の同類だ！」

元・帝国宰相は怒鳴り散らして席を立つと、筋骨隆々の元・皇宮近衛隊長の胸板に貧弱な拳を打ちつけた。その自身の行為にさえ、嫌悪感を覚える。激情の発露として拳を振り上げるなど、帝国宰相であった時代には想像すらしない行動だった。

「いま思えば【勇者召喚】がすべての元凶だ、我々は【災厄】が襲いかかってきた時点で理想郷とともに殉じるべきだった！」

「過去を振り返っても、現実は変わらない。俺たちは現在を生きる命と、将来を生きる命をより多く生かすために行動すべきだ。より多くの種を残すため、より多くの生命を守るために俺たちは良心を無視して、現生人類に対して絶滅戦争を開始した。それと同じだ。復讐心を無視して、俺たちはあらたな異世界人類との交流を始めるべきなんだ」

「無理だ」

滔々《とうとう》と諭す元・皇宮近衛隊長に、彼は首を振った。

「だいたい、こうやって、喋っているだけでっ、苛立たしくてしょうがないんだよ！」

元・帝国宰相は、彼が吐き捨てた言葉をいまでも覚えている。

――翻訳魔術使わないと、なにを言ってるかわかんないの不便だから、お前ら日本語喋れるようにしといたわ。ようやくお前らファンタジーっぽい姿形をしてきたところで、日本語喋るとか興醒《きょうざ》めもいいところだけど、まあしょうがないかな。

「もう俺たちは帝国語を読み書きすることはできない、俺たちに魔族語《にほんご》を上書きするように刷り込んだ腐れ外道の同族と交渉することなど、できるはずがない！」

元・帝国宰相による激情の吐露に、元・皇宮近衛隊長が失われた母国語に思いを馳せる。

その一瞬の隙を衝き、参謀総長は自室を出た。

廊下を早足で歩き、遠隔通信の機材が置いてある部屋へと向かう――この後、まだ幼い魔王陛下に通信機材を用いて謁見することになっていた。そこで彼は再度の敗戦を報告すると同時に、異世界海空軍を殲滅すべし、という進言をすると決めていた。

この世界のおおよそすべてを歪め、さらに想像を絶する暴虐を振るった勇者《チーター》の同類を、許してはならない。新人類を相手にした防衛戦争から、帝国臣民百億の仇を討つための異世界人類に対する復讐戦へ。こうして、参謀総長の私戦が始まった。


虫と蛙の声だけが響く林野の夜闇。その最中に、荒い呼吸音が吸い込まれていく。

「日本人ども……」

肩で息をする影は、翼竜騎兵シュティーナ。病衣のまま、裸足《はだし》で闇の中を彷徨っていた彼女は、樹木の幹に背を預け、しばしの休息をとっていた。

彼女にとっては、あてもない逃避行が始まろうとしていた。エリート兵科の翼竜騎兵であるシュティーナはその運動能力と、格闘能力を存分に活かして国保朝日ヶ丘中央病院からの脱出に成功した。が、迎えの海兵隊特殊部隊が全滅したために、帰還の術は失われている。日本近海まで近づいていた潜水艦も撃沈されたのか、通信が途絶したらしい。いま彼女が生き長らえるためにできることと言えば、厳戒態勢にある国保朝日ヶ丘中央病院周辺と市街地から少しでも離れて、追っ手を撒《ま》くことであった。

「絶対に生きて帰る」

シュティーナは、現在位置を知らせる魔力波を二回続けて発信した。絶望するにはまだ早い、と彼女は自身を叱咤《しった》する。人類の暴虐からあらゆる人外諸族をひとり残らず解放する――魔王直轄軍のスローガンを彼女は信じていたし、実際に彼女ひとりのために救出作戦は実行された。すべては生きてこそ、だ。再度の救出作戦が実行されるかもしれないし、あるいは単純な話で、魔王直轄軍が日本国を叩き潰すまで生き延びればよい。

彼女は意識的に深呼吸を繰り返し、息を整えた。

それにしても、と彼女は思わざるをえない。この日本国の『自衛隊』なる組織は、大陸にかつて存在したあらゆる人類国家の軍事組織よりも精強だろう。超音速飛行機械もそうだが、誰もが連発銃を持っているあたり、高い工業力に支えられていること、そして複雑な武器を使いこなすための高度な教育を誰もが受けている、ということがわかる。

日本国は史上最強の人類至上国家だ、とシュティーナは確認した。日本国は平和主義を採っている、と入院中に説明を受けていたが、彼女はそれが嘘だと思っている。他の魔族たちを隷属させる人類国家――そして人類を頂点とする社会制度を維持するための高度な科学技術と、外敵の存在を許さない強力な軍事力を彼らは保有している。

夥しい数の人外諸族を殺処分する平和国家など、笑止千万。

否、もはや彼らの感覚は、麻痺してしまっているのだろう、と彼女は考えた。人類中心の社会においては、人外諸族の虐待と殺害など呼吸と変わらない、というところなのだろう。

(もちろん、人類による覇権国家など許せない。が、理解できないわけではない)

一方では義憤が沸き起こるが、他方では翼竜騎兵としての冷静な頭脳は異なる結論も出していた。

要は生存闘争の結果だ。異世界では人類が人外諸族を制し、世界の覇権を握ったのであろう。逆に他の種族が勝っていれば、その種族が人類や他の種族を隷属せしめる社会を築いていたに違いなかった。が、異世界の人外諸族は敗北し、その結果として日本国のような人類至上国家が出現した。

……だからこそ、この世界での人魔闘争は勝利しなければならない。

この世界に客観的な正義も、悪もないのは自明の理だ。負ければ絶滅か、絶滅よりも酷《ひど》い結果が待っているから、人類も魔族も激しい攻防戦を繰り広げてきた。そして、もう少しで人外諸族の完全勝利は成る。日本国のような人類至上国家の誕生を許さないためにも、ここで勝たねばならない。

「ん」

そこでシュティーナは、思考を止めた。

まず違和感を覚えた。次に魔力波のさざ波が、彼女の頬を打った。

「敵——ッ⁉」

たった独りの翼竜騎兵が立ち上がると同時に、周囲の空間が捩《ねじ》れた。

状況を確認している場合ではない、彼女は反射的に全力疾走で逃げ出した。その背中を、強力な光源が照らす。そのさまはまるで、照明弾。空中で複数発の魔弾が炸裂し、青白い光が夜闇を引き裂いた。

「駆除目標を確認、他の人影なし」

「発砲を許可する」

背後で聞こえた冷徹な会話に、彼女は直感から右へ飛び込んだ。僅かに遅れて殺到した銃弾の雨霰が彼女の残像を通過し、その背後の木立を粉砕する。幹が弾け、枝葉が薙ぎ倒される音が響き渡り、彼女は背筋を凍らせ、突如出現した追っ手たちは自身の失敗を悟った。

一秒未満の時間、虚空を彷徨った彼女は受け身をとりながら、地面を転がって林の中へ滑りこむ。続けて、その遥か頭上を十数発の弾丸が通過し、枝々が弾けた。

「やめろ、日本国民を誤射する可能性がある」

「……了解」

市街戦を意識した鈍色の戦闘服を纏った彼らは、異世界の特殊部隊が採用するMP5短機関銃に酷似した銃器を、翼竜騎兵の潜む林へ向けながら、じりじりと彼我の距離を詰めていく。

先の会話からも明白であるように、彼らは日本人ではない。正統王女に絶対の忠誠を誓うがゆえに世界間跳躍を繰り返し、瞬間移動を認められた特殊部隊――正統王国軍近衛師団所属、皇宮親兵。国家よりも正統王女個人に忠誠を誓う彼ら信奉者たちは、いま翼竜騎兵が日本政府の管理下から脱した好機を逃さず、彼女の駆除にかかろうとしていた。

一方の翼竜騎兵は発砲してきた武装集団とは正反対の方向に、再び逃走を開始していた。指先ひとつで弾幕を張ることができる連発銃を持つ相手に、単独で立ち向かうなど自殺行為にすぎない。

だが、彼女の行く手の空間が再び捻じ曲がった。

出現した新手は、何の躊躇もなくシュティーナめがけて火線をほとばしらせる。一方のシュティーナは、押し寄せる弾幕を避けるために幹を蹴って空中にその身を投げ出すと、【魔力噴射】で横合いへ飛び、木々の合間を翔け抜けて逃走を図った。

「追え！」

「誤射だけは避けろ！」

魔力による加速と、幹を蹴っての方向転換を組み合わせて翔けるシュティーナを、空中機動に心得のある数名の皇宮親兵が追跡する。数で優《まさ》る後者のほうが、圧倒的に優位にあることは言うまでもない。いずれシュティーナは皇宮親兵たちの包囲網に搦めとられ、無残な屍《しかばね》を晒すことになる。

だがしかし、皇宮親兵たちには不利な条件がいくつかあった。

まず日本国と正統王国間の国際問題を避けるため、日本国民への誤射を極端に恐れ、連射が可能な銃器を有しているにもかかわらず、発砲には慎重にならざるをえなかった。

そしてなによりも、彼らには時間的な制約があった。

「まずい……」

その瞬間は、現場の指揮官が考えるよりも早く訪れた。

サイレン音と、日本国内で普及している移動機械が立てる駆動音が、森の中にまで響いてきた。

「各員に告ぐ、全員撤収！」

「想像以上に早いッ――あと五唱（五分）あれば！」

「撤収！　薬莢《やっきょう》はいい、それ以外の所持品は残すな！　もう一度確認しろ！」

照明弾と銃声に驚いた近隣住民の通報を受けた千葉県警の到着――その途端に、皇宮親兵たちは再び虚空に消えた。

……これが彼らの時間的制約だった。

シュティーナが人家のまったくない山中にでも移動しない限り、必ず交戦に気づいた市民からの通報を受けた日本警察が駆けつける。正統王国軍としてはシュティーナを野放しにしておけないが、さりとて日本警察と対立し、その活動を妨害することは深刻な不信を招くと判断していた。日本国内におけるシュティーナとの違法な交戦も、疑惑で収まるならばいい。だがしかし、直接的な証拠を残したり、警察官や自衛隊員に目撃されたりしてしまえば、もう言い逃れはできなくなる。

「失敗したな」

最後に残った現場の指揮官は、ため息をついた。凄まじい光と音を要するものの、翼竜騎兵のひとりやふたり、瞬間転移からの連続射撃で容易に仕留められるはずだった。認識が甘かった、と思わざるをえない。再び同じ戦術を試したとしても、おそらく銃声を聞きつけた市民からの通報で、早々に日本警察が駆けつけるであろう。

次からは静音に徹して格闘戦で彼女の駆除を試みるべきか、と彼は思い、そして消えた。

「第二次西方海域航空戦は、再び日本国の勝利に終わったようです。また、情報幕僚アーネ・ニルソンの報告では、日本国内に侵入した魔王直轄軍特殊部隊も掃討を終えたとのこと」

城塞都市の地下深くに、『正統王国最高戦争指導会議』は設置されている。

人類最後の拠点、城塞都市における表向きの最高戦争指導機関は、亡命政府の高官や多国籍軍将官が参加する『人類軍統合幕僚会議』である。だがしかし、実際に城塞都市を運営する権限を持っているのは、正統王女ヴィルガイナを中心とし、彼女の腹心で構成された『正統王国最高戦争指導会議』であった。当然ながら、この戦争指導会議から他国亡命政府の人間は完全に排除されており、それどころか彼ら他国の亡命者たちは、正統王国最高戦争指導会議の存在さえ知らされていない。

「日本国が保護していた魔族は？」

「現在、捜索中です」

魔力灯の下で正統王国軍関係者の報告を受けた正統王女は、「ふうん」と返事をした。

魔族が日本政府によって保護された、という一報を受けた際には、流石《さすが》の正統王女も日本国と魔族陣営が講和に至るのではないかと肝を冷やした。が、火竜による東京都心の大量殺戮や、第一次・第二次西方海域航空戦の発生により、もはや大勢は決まりつつあった。もう一匹、二匹の魔族の存在など取るに足らない。日本国自衛隊と、魔族攻囲軍は全面的な交戦状態に突入する。日本国召喚による時間稼ぎという目論見《もくろみ》は、想像以上に順調に実現し、進行していた。

「王立中央魔導院院長、計画の進行具合はどうだ」

ひととおり先の戦闘と日本国内の現況について報告を受けた正統王女は、話題を変えた。

「はい」

正統王女に話を振られて返事をしたのは、王立中央魔導院院長の肩書に、明らかに名前負けしている、白衣に身を包んだ冴《さ》えない中年男性であった。寝不足と精神的重圧のダブルパンチを受けて、不健康そうな顔色をしている彼は、手元の資料と周囲の様子を窺い、幻聴が収まるのを待ってからようやく話を始めた。

「現在、【勇者召喚】の術式については、九割方分析を終えました。すでに問題となっていた座標指定の問題も解決したため、理論上は現時点で――日本国のみならず、異世界におけるあらゆる座標の物体を、無制限に召喚することが可能です」

「素晴らしい」

正統王女は頬を紅潮させ、手を打って喜び、「さすがは世界随一、魔導・科学両文明の最先端研究を司る王立中央魔導院だ」と彼を誉めた。

が、一方の王立中央魔導院院長は充血した眼を擦り、激しい動悸《どうき》に耐えながら深呼吸した。このところ彼は、王立中央魔導院で開発した覚醒作用のある薬物を常飲し、世界間移動技術の開発に勤《いそ》しんでいた。動悸やめまいは、精神的重圧によるものだけではなく、明らかにその副作用である。

（……開発がうまくいっているから良いものの、これが頓挫していたら首が物理的に飛ぶところだ）

正統ユーティリティ王国にて、魔導・科学両文明の最先端技術開発を行う王立中央魔導院は、正統王女の命を受けて、かつてこの大陸を統べていたという大帝国の遺《のこ》した超魔導技術【勇者召喚】について研究を続けてきた。その過程で紆余《うよ》曲折《きょくせつ》はあったものの、西方海域に存在する古代遺跡の発見が、【勇者召喚】の再現成功に繋がった。

だがしかし、大帝国の遺した超魔導技術【勇者召喚】の術式をただ模倣し、再現しただけの【勇者召喚】には、ある問題があった。召喚できる物体は、特定の座標範囲内――具体的には、日本列島と日本列島の海岸線から三百七十キロメートル以内に存在する物体に限られる、という点である。

正統王国は大帝国が遺した古代遺跡を流用する形で、【勇者召喚】を発動した。そのため、最後に大帝国が設定した座標範囲内からしか物体を召喚することができなかったのである。もちろん時間さえかければ、座標変更の方法を見つけることはできる。だがしかし【勇者召喚】の設計は複雑であり、座標変更の方法を発見するには、さらに一ヵ月ないし二ヵ月はかかることが予想された。

当然ながらそれでは、人類は滅亡してしまう。

そこで正統王女は、勝利の切り札となる真の【勇者召喚】完成までの時間稼ぎとして、日本国召喚を指示。

あとはすべてが順調に行った。

日本国自衛隊と魔王直轄軍は交戦状態となり、予想どおり両者の間で空海戦が勃発。魔族攻囲軍の攻勢は弱まり、いよいよ【勇者召喚】は座標範囲が自由に指定できる、より完璧な戦略兵器にまで昇華した。

ちなみにこの過程で正統王女以下、正統王国の人間は、日本国関係者に対していくつもの嘘をついている。

まず正統王女や情報幕僚アーネは、日本列島を元の世界へ戻す技術があることをほのめかし、また数ある選択肢の中から日本国を選んで召喚した旨を発言していた。が、実際には正統王国の世界間移動技術は稚拙なものであり、日本国を召喚することしかできなかった。もちろんこちらの世界から、元の地球に日本列島を送還することなどまったく考えていない。西方海域に残る古代遺跡に、城塞都市地下迷宮のダンジョンコアの魔力を再び流せば、日本列島を別世界へ転移させることはできるだろうが、現在のところその研究はまったく行われていなかった。

ふたつ目の嘘は、正統王国をはじめとする異世界人類は、魔族語を理解しており、捕虜にした魔族を拷問して情報収集も行っている、という点である。正統王女は日本政府関係者に交渉の余地はない、とミスリードさせるため、「コミュニケーションは成立しない」ように発言したが、現実には拷問による情報収集のために異言語研究はかなり進められている。

だいたいファーストコンタクトの時点で、正統王女は魔法によって日本語を解している旨を語ったが、それも嘘であった。彼女たち正統王国人は本当のところ、魔術がなくとも日本語（魔族語）を理解できるし、学習さえしていれば流暢に喋ることもできる。

ただ彼らは重要な真実も語っていた。

それは魔族陣営内に、元・日本人が紛れていることである。魔王直轄軍の画期的戦術に苦しめられてきた正統王国軍関係者は、【勇者召喚】開発の過程で観測に成功した、異世界国家『日本国』の言語・文化・軍事から、魔族陣営と日本国が密接な関係にあることを推察し、日本国の科学技術をはじめとする価値観・思想が、魔族陣営に流入していることに気がついた。

さらに捕虜からの証言から、ついにいわゆる『転生者』と思しき存在の特定にも成功したのであった。そうした事情もあり、正統王女よりもまっとうな人間が揃っているはずの正統王国軍関係者の間でさえ、日本国には身を以て賠償してもらわなければならないという意見が強かった。

正統王女に限って言えば、もはや魔族と同じ言語を操る日本国民を憎悪さえしていた。もちろん彼女がファーストコンタクトから日本政府関係者を愚弄し続けているのには、最初から使い潰す予定の相手に媚びを売るつもりがないこともあるが。

「……あとはこの切り札を使う機を探るだけです」

自分が粛清されないか戦々恐々とする王立中央魔導院院長に、躊躇や良心の呵責はない。弱者は強者に虐げられ、愚者は賢者にただ利用されて使い潰される――それが世界の掟《おきて》。ましてや日本国は宿敵を生み、新戦略や新戦術、画期的思考をもたらしてきた諸悪の根源だ。

（貴重な時間を稼いでくれてありがとうよ。だがもう【勇者召喚】の術式が完成すれば、あんたらの存在は必要ねえ）

そして事が済めば、ようやくゆっくり眠れる日々が始まる、というわけだ。

河畑濤士（かわはた・とうし）

千葉県出身。大学卒業後、予備校の国語科・社会科で講師を務める。2005年ごろから投稿サイトで活動を開始し、2015年ごろから「小説家になろう」での作品発表を始める。本作がデビュー作となる。

レジェンドノベルス
LEGEND NOVELS

異《い》世《せ》界《かい》総《そう》力《りょく》戦《せん》に日《に》本《ほん》国《こく》現《あらわ》る 1

2018年12月5日 第1刷発行

［著者］ 河《かわ》畑《はた》濤《とう》士《し》
［装画］ フジタ
［装幀］ 井上則人（井上則人デザイン事務所）

［発行者］ 渡瀬昌彦
［発行所］ 株式会社 講談社
〒112-8001 東京都文京区音羽2-12-21
電話 ［出版］03-5395-3433
［販売］03-5395-5817
［業務］03-5395-3615

［本文データ制作］ 講談社デジタル製作
［印刷所］ 凸版印刷 株式会社
［製本所］ 株式会社 若林製本工場

N.D.C.913 255p 20cm ISBN 978-4-06-514071-0